हिन्द पॉकेट बुक्स

संत कवि

गुरु तेग बहादुर

डॉ. महीप सिंह हिन्दी के प्रसिद्ध लेखक, स्तम्भकार और पत्रकार थे। उन्हें 2009 का भारत भारती सम्मान प्रदान किया गया था। वह विभिन्न पत्र-पत्रिकाओं में राष्ट्रीय मसलों पर लेख भी लिखते थे। उन्होंने करीब 125 कहानियां और कई उपन्यास भी लिखे थे। वे दिल्ली विश्वविद्यालय में हिन्दी के प्राध्यापक रहे। उन्हें 60 के दशक में हिन्दी साहित्य जगत में संचेतन कहानी के आन्दोलन की शुरुआत करने के लिए जाना जाता है।

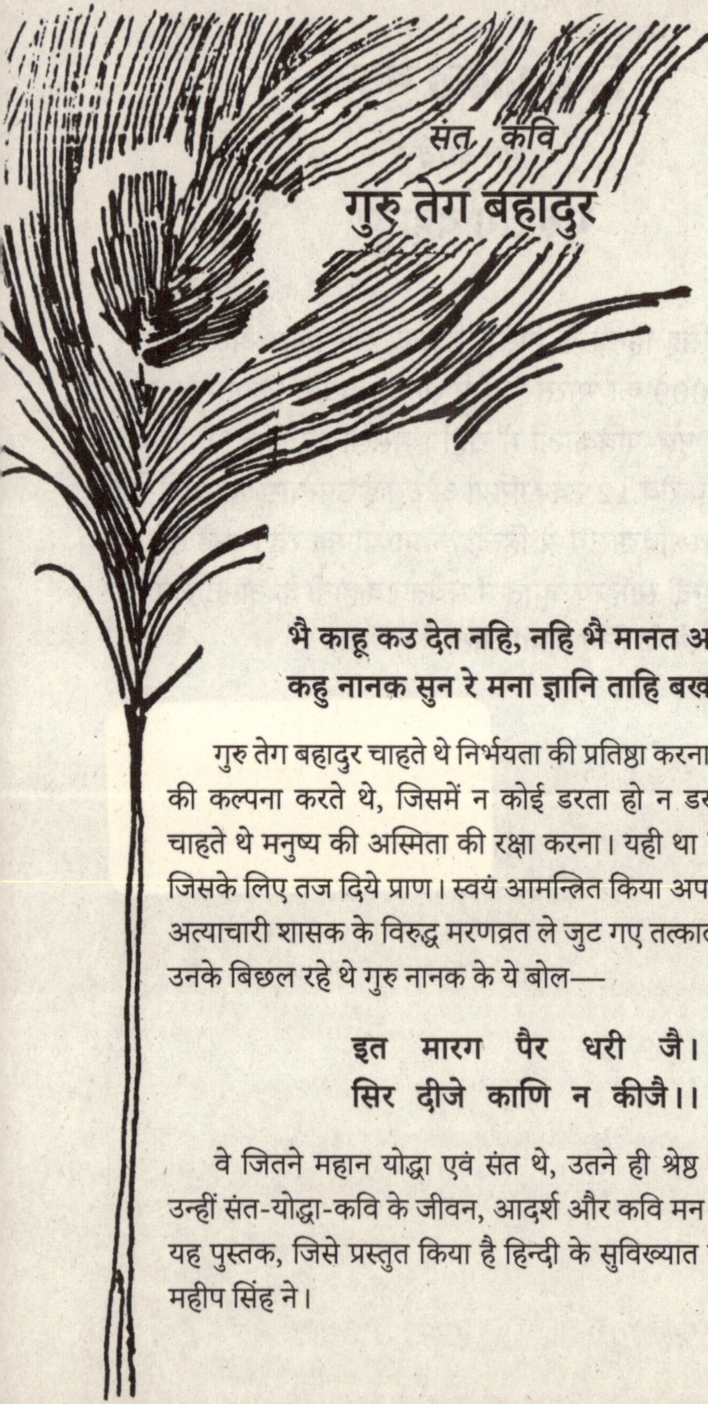

संत कवि

गुरु तेग बहादुर

भै काहू कउ देत नहि, नहि भै मानत आनि।
कहु नानक सुन रे मना ज्ञानि ताहि बखानि।

गुरु तेग बहादुर चाहते थे निर्भयता की प्रतिष्ठा करना। ऐसे समाज की कल्पना करते थे, जिसमें न कोई डरता हो न डराता हो। वह चाहते थे मनुष्य की अस्मिता की रक्षा करना। यही था 'धर्म' उनका, जिसके लिए तज दिये प्राण। स्वयं आमन्त्रित किया अपना बलिदान। अत्याचारी शासक के विरुद्ध मरणव्रत ले जुट गए तत्काल। श्रीमुख से उनके बिछल रहे थे गुरु नानक के ये बोल—

इत मारग पैर धरी जै।
सिर दीजे काणि न कीजै।।

वे जितने महान योद्धा एवं संत थे, उतने ही श्रेष्ठ कवि भी थे। उन्हीं संत-योद्धा-कवि के जीवन, आदर्श और कवि मन की बानगी है यह पुस्तक, जिसे प्रस्तुत किया है हिन्दी के सुविख्यात कथाकार डॉ. महीप सिंह ने।

गुरु तेग बहादुर

लोकप्रिय संत कवि

सम्पादक

डॉ. महीप सिंह

हिन्द पॉकेट बुक्स

पेंगुइन रैंडम हाउस इम्प्रिंट

हिन्द पॉकेट बुक्स

यूएसए | कनाडा | यूके | आयरलैंड | ऑस्ट्रेलिया | सिंगापुर
न्यू ज़ीलैंड | भारत | दक्षिण अफ्रीका | चीन

हिन्द पॉकेट बुक्स, पेंगुइन रैंडम हाउस ग्रुप ऑफ़ कम्पनीज़ का हिस्सा है,
जिसका पता global.penguinrandomhouse.com पर मिलेगा

पेंगुइन रैंडम हाउस इंडिया प्रा. लि.,
चौथी मंजिल, कैपिटल टावर -1, एम जी रोड,
गुड़गांव 122 002, हरियाणा, भारत

पेंगुइन
रैंडम हाउस
इंडिया

प्रथम हिन्दी संस्करण हिन्द पॉकेट बुक्स द्वारा 1996 में प्रकाशित
यह हिन्दी संस्करण हिन्द पॉकेट बुक्स में पेंगुइन रैंडम हाउस द्वारा 2022 में प्रकाशित

10 9 8 7 6 5 4 3 2

ISBN 9789353492403

मुद्रकः रेप्रो इंडिया लिमिटेड

www.penguin.co.in

FSC
www.fsc.org
MIX
Paper from
responsible sources
FSC® C047271

This is a legitimate digitally printed version of the book and therefore might not
have certain extra finishing on the cover.

क्रम

पद वैभव

एक

तिलक जंजू राखा प्रभु ताका।
कीनो बडो कल महि साका।
साधनि हेति इती जिनि करी।
सीस दिया पर सी न उचरी।
धरम हेतु साका जिनि कीआ।
सीस दिया परु सिररु न दीआ।
नाटक चेटक किए कुकाजा।
प्रभु लोगन कह आवत लाजा।

ठीकरि फोरि दिलीस सिरि प्रभु पर कियो पयान।
तेग बहादुर सी क्रिआ करी न किन हूं .... आन।
तेग बहादुर के चलत भयो जगत को .... सोक।
है है है सभ जग भयो जै जै जै सुर .... लोक।

गुरु गोबिन्द सिंह
'विचित्र नाटक' काव्य से

दो

प्रगट भए गुरु तेग बहादुर।
सगल स्रिसटि पै ढापी चादर।
करम धरम की जिनि पति राखी।
अटल करी कलजुग मै साखी।
सकल स्रिसटि जाका जस भयो।
जिह ते सरब धरम बंचयो।
तीन लोक मैं जै जै भई।
सतिगुरि पैज राखि इम लई।
तिलक जनेऊ अरि धरमसाला।
अटल करी गुरु भए दयाला।
धरम हेतु प्रभु पुरहि सिधाए।
गुरु गोबिन्द सिंह कहिलाए।

कवि सेनापति
'गुरु शोभा' काव्य से

जीवन-कथा

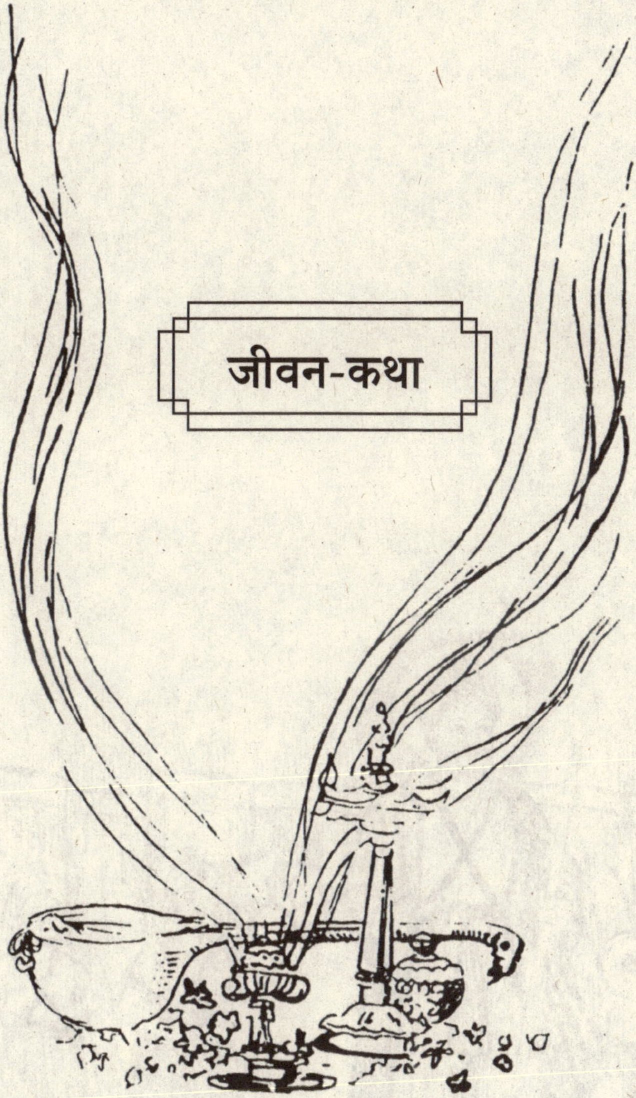

उसका नाम था, मक्खण शाह लुबाणा। वह एक बड़ा व्यापारी था।

उसके जहाज़ अरब सागर की तरंगों पर तैरते हुए दूर-दूर के देशों तक जाते थे। अपने देश का माल वह उन देशों में बेचता था और उन देशों से माल ख़रीद कर वह अपने देश में ले आता था। वह बहुत श्रद्धालु व्यक्ति था। उसका जीवन हमेशा ख़तरों और जोखिमों से भरा रहता था। कभी उसे समुद्री डाकू घेर लेते, कभी बड़ी-बड़ी समुद्री मछलियां अपना मुंह खोलकर उसके जहाज़ की तरफ़ दौड़ पड़तीं और कभी समुद्र की तूफानी लहरें आकर उसके जहाज़ से टकराने लगतीं। तब ऐसा लगता जैसे जीवन की डोर का पतला धागा अब टूटा कि तब टूटा।

ऐसे ही, एक बार वह विदेश यात्रा से लौट रहा था। उसका जहाज़ माल से भरा हुआ था। उसके जहाज़ पर अनेक नाविक भी थे। सभी को अपने घर-परिवार से बिछुड़े कई-कई महीने गुज़र चुके थे, इसीलिए सभी घर लौटने को बहुत उत्सुक थे। शाम का समय था। मक्खण शाह का जहाज़ पश्चिम से पूर्व की ओर तेज़ी से बढ़ रहा था और उधर सूरज पूर्व से पश्चिम की यात्रा समाप्त कर पश्चिमी समुद्र में धीरे-धीरे उतरता चला जा रहा था। मक्खण शाह एक ओर बैठा 'रहिरास' का पाठ कर रहा था। उसका पाठ पूरा हुआ और उसने बड़ी

श्रद्धा से मस्तक झुकाया और दोनों हाथ जोड़ दिए। फिर उसके मुख से धीरे-धीरे निकला—

सत् करतार .... ! सत् करतार !

वह अपने पलंग से उठकर बाहर आने की सोच ही रहा था कि उसका सेवक जीवन दास बड़े घबराए स्वर में आकर बोला—'शाह जी! ज़रा बाहर चलकर तो देखिए। .... आकाश बिल्कुल काला हो गया है। .... लगता है, बहुत तेज़ तूफान आएगा।

मक्खण शाह के मुंह से फिर निकला—

सत् करतार .... ! सत् करतार !

वह बाहर आकर आकाश की ओर देखने लगा। अभी तो शाम ही ढली थी; पर ऐसा लगता था कि काली अंधेरी रात एकाएक उन पर घिर आई हो। समुद्र की लहरें भी उस कालिमा में खो गई लगती थीं; पर उनकी तेज़ आवाज़ पहले से कहीं अधिक भयावह लग रही थी।

फिर तेज़ हवा चलने लगी। समुद्र की लहरें उछल-उछल कर जहाज़ से टकराने लगीं। उन लहरों पर जहाज़ एक पत्ते की तरह डोलने लगा।

हवा और अन्धड़ का दबाव बढ़ता ही जा रहा था। लहरों का भयावह चीत्कार जहाज़ को झिंडोड़ रहा था। जहाज़ के नाविक और अन्य कर्मचारी घबरा गए थे। रात के अंधेरे में दिशाओं का ज्ञान भी लुप्त हो गया। समुद्र का पानी लहरों से उछल-उछल का जहाज़ के अन्दर घुस रहा था। भयंकर कोलाहल में लोग पाल की रस्सियों को थाम रहे थे; पर उस सारे कोलाहल में गहरी निराशा भी भरती चली जा रही थी। लोगों को लगने लगा था कि शायद सुबह के सूरज की किरण देखना अब उनके भाग्य में नहीं है।

इस सारी संकटमयी स्थिति में भी मक्खण शाह शांत था। उसके मुंह से लगातार सत् करतार .... ! सत् करतार .... ! की धुन निकल रही थी।

तूफान भी अजीब था। कभी उसका दबाव बढ़ जाता। हवा की सांय-सांय में लगता था कि कुछ ही क्षणों में लहरों पर हिचकोले खाता हुआ जहाज़ या तो टुकड़े-टुकड़े हो जाएगा या समुद्र की अनंत गहराइयों में बैठ जाएगा। कभी उस घुप अंधेरी रात में रोशनी की कोई किरण कहीं से चमक पड़ती। हवा की सनसनाहट और लहरों की घरघराहट कुछ हलकी पड़ जाती। निराश और हताश कर्मचारियों में नई उमंग आ जाती और जहाज़ को बचाने के प्रयत्न में वे अधिक जोश से जुट जाते।

सब के बीच से गुज़रता, सबको ढांढ़स बंधाता मक्खण शाह सत् करतार .... ! सत् करतार .... ! का उच्चारण करता रहता।

इस तरह संघर्ष करते, आशा और निराशा की लहरों पर हिचकोले खाते, जीवन और मृत्यु के बीच निरन्तर झूलते हुए सारी रात बीत गई। उषा फूटने लगी और फिर भुवन-भास्कर की लालिमा पूर्व के समुद्र में डूबे हुए कोने से झांकने लगी।

तूफान का उन्माद भी ठंडा पड़ गया था। लहरों का आवेग भी थम गया था और फिर कुछ देर ही में उड़ते हुए पक्षी दिखाई देने लग गए थे। किनारा दूर नहीं था।

मक्खण शाह ने 'जपुजी' का पाठ पूरा किया—

जिन्नी नाम धिआइआ गए मुसक्कत घाल।
नानक ते मुख उजले केती छुट्टी नाल।

फिर श्रद्धा से मस्तक झुका दिया।

"शाह जी !" जीवन दास बोला—"आपका धीरज कितना अडोल है। मौत मुंह बाए सामने खड़ी थी। एक छिन-पल का कोई भरोसा नहीं था। जहाज़ के सभी लोगों के हाथ से उम्मीद की पतवार छूट गई थी; पर आप के चेहरे पर न कोई चिंता थी, न परेशानी। आपकी लिव तो 'सत् करतार' में लगी हुई थी।"

"जीवन दास !" मक्खण शाह ने कहा—"मेरे सद्गुरु नानक ने मुझे एक ही बात बताई है कि सुख-दुख में अडोल रहो। अपना कर्म करो और करतार पर भरोसा रखो।"

दूसरे ही दिन जहाज़ भड़ौंच के बंदरगाह पर आ लगा। मक्खण शाह ने निश्चय किया जहाज़ के सामान को आढ़तियों को सौंप कर वह अपने सभी कर्मचारियों सहित पहला काम गुरु के दर्शन का करेगा और उनके चरणों में पांच सौ अशर्फियों की भेंट चढ़ा कर अपनी श्रद्धा अर्पित करेगा।

भाई मक्खण शाह और उसके साथी जब पंजाब पहुंचे तो उन्होंने अजीब-अजीब बातें सुनीं। आठवें गुरु हरिकृष्ण का कुल आठ वर्ष की आयु में ही शीतला की बीमारी से दिल्ली में देहांत हो गया था। चूंकि अपने उत्तराधिकारी के सम्बन्ध में वे मात्र इतना ही कह गए थे—बाबा बकाले ! इसलिए अमृतसर के निकट बकाला ग्राम में गुरु हरिकृष्ण के दूर-पास के अनेक सम्बन्धियों ने अपने आप को गुरु घोषित कर दिया था। मक्खण शाह सोच में पड़ गया। पाखंडी गुरुओं की इस भीड़ से वास्तविक गुरु की पहचान कैसे हो ? वह और उसके साथी दिल्ली और पंजाब के अनेक गुरुधामों की यात्रा करते हुए बकाला पहुंचे।

मक्खण शाह गुरु-घर का पुराना सेवक था और पंजाब का जाना-माना व्यापारी था। गांव में उसके आगमन का समाचार सुनते ही पाखंडी गुरुओं के दलालों ने उसे घेरना शुरू कर दिया।

मक्खण शाह ने अपने साथियों से कहा—"हमें गुरु महाराज के चरणों पर अपनी भेंट ही नहीं चढ़ानी है, बल्कि पाखंड के इस अंधेरे को दूर करके लोगों को वास्तविक गुरु के दर्शन भी कराने हैं।"

मक्खण शाह और उसके साथी एक-एक करके उन सभी के पास जाने लगे जो अपने आप को गुरु कह रहे थे। वह जहां भी जाता पांच अशर्फियों की भेंट चढ़ाता और प्रणाम करता। अशर्फियां देखते ही

तथाकथित गुरु की बांछे खिल जातीं और वह आशीर्वादों की झड़ी लगा देता। मक्खण शाह निराश होकर बाहर आ जाता।

ऐसे सभी व्यक्तियों के वह दर्शन कर आया। अब कोई दलाल भी उसे नहीं घेर रहा था। परन्तु इनमें से कोई भी ऐसा नहीं था जो उसके मन को छू पाता।

"क्यों जीवन दास .... अब क्या करें ?"—वह चिंतित स्वर में बोला।

"शाह जी !"—जीवन दास बोला—"जिस माल को आप खोज रहे हैं, वह इनमें से किसी की दूकान में नहीं है; पर सुना है—एक व्यक्ति और है। छठे गुरु-गुरु हरि गोविंद के छोटे बेटे तेग बहादुर जी भी बकाला गांव में ही रहते हैं; पर वे किसी से मिलते-जुलते नहीं। रात-दिन भगवान के नाम में ही डूबे रहते हैं।"

मक्खण शाह को ख्याल आया—गुरु हरिकृष्ण ने कहा था, 'बाबा बकाले !' तेग बहादुर जी रिश्ते में गुरु हरिकृष्ण के बाबा ही लगते थे। कहीं यह इशारा उनकी तरफ़ ही न हो।

वह जीवन दास को लेकर झटपट उनसे मिलने चल दिया।

तेग बहादुर जी समाधि में लीन थे। मक्खण शाह वहीं बैठकर प्रतीक्षा करने लगा। समाधि टूटने पर उनके दर्शन करने गया। उसी तरह पांच अशर्फियां उनके सामने रख कर प्रणाम किया।

तेग बहादुर जी के मुख से निकला—सत् करतार .... ! सत् करतार .... ।

सत् करतार की धुन सुनते ही मक्खण शाह का रोम-रोम पुलकित हो गया। उसने पांच सौ अशर्फियों की थैली उनके सन्मुख रख कर माथा टेका और फिर बाहर निकल कर चिल्लाया—

गुरु लाधो रे .... ! गुरु लाधो रे !

(मैंने वास्तविक गुरु ढूंढ़ लिया है .... मैंने वास्तविक गुरु ढूंढ़ लिया है।)

देखते-देखते एक बड़ी भीड़ वहां जमा हो गई ! पाखंड की गद्दियां। उखड़ने लगीं। दूर-दूर की सिख-संगतों तक यह गूंज पहुंच गई और असंख्य दर्शनार्थी बकाला ग्राम की ओर उमड़ चले।

गुरु तेग बहादुर छठे गुरु—गुरु हरगोविंद के छोटे बेटे थे। बचपन से ही उनमें भक्ति और शक्ति का अद्भुत समन्वय था। छोटी आयु में ही वे प्रायः किसी एकान्त स्थान पर जाकर साधना में लीन हो जाया करते थे। उन्होंने शस्त्र-विद्या भी सीखी थी। उनके पिता, गुरु हरिगोविंद को मुग़ल शासक शाहजहां की सेनाओं से कई बार युद्ध करना पड़ा था। एक बार पैंदे खां नामक एक मुग़ल सरदार ने बड़ी सेना लेकर करतारपुर पर आक्रमण कर दिया। गुरु हरगोविंद और उनके सिख सैनिकों ने उसका डटकर मुकाबला किया। गुरु तेग बहादुर की आयु उस समय कुल पंद्रह वर्ष की थी। उन्होंने भी युद्ध में भाग लिया और ऐसी वीरता दिखाई कि पिता, गुरु हरगोविंद ने कहा—"तुम सचमुच तेग बहादुर हो।"

परन्तु उनका मन ईश्वर-भक्ति और दीन-दुखियों की सेवा में ही अधिक लगता था। इसलिए पिता के देहावसान के पश्चात् वे अपनी माता (नानकी) और पत्नी (गूजरी) सहित अपनी ननिहाल (बकाला) में आकर रहने लगे।

गुरु पद संभालने के बाद वे देशाटन के लिए निकल पड़े। पहले उन्होंने पंजाब में अनेक स्थानों की यात्रा की। वे जहां भी गए, उन्हें अशिक्षा और ग़रीबी के बोझ से दबी हुई जनता के दर्शन हुए। दिल्ली के मुग़ल शासक औरंगजेब के अत्याचार बढ़ते ही जा रहे थे। स्थान-स्थान पर मंदिर तोड़े जा रहे थे, लोगों को धर्म-परिवर्तन के लिए मजबूर किया जा रहा था। एक दिन उन्होंने अपने निकट सहयोगी भाई मती दास से कहा—

"मती दास जी !"

"जी, सद्गुरु !"

"आप देश की जनता की दुर्दशा तो देख ही रहे हैं। एक तरफ़, यह ग़रीबी के बोझ से पिस रही है; जमींदार और सेठ-साहूकार इसके ख़ून की अंतिम बूंद तक चूस लेना चाहते हैं। दूसरी तरफ़, इसके अज्ञान और अंध-विश्वास का लाभ उठाकर पंडे-पुरोहित और काज़ी-मुल्ला अपना उल्लू सीधा कर रहे हैं। जजिया कर के बोझ से हिन्दू जनता की कमर टूटती जा रही है।"

"जी सद्गुरु ...!" मती दास जी बोले—"देश के ऊपर संकट का ऐसा पहाड़ तो कभी नहीं टूटा। पता नहीं करतार को क्या मंजूर है!"

"छठे गुरु, पिता हरगोविंद जी को अत्याचार का सामना करने के लिए लाचार होकर तलवार उठानी पड़ी थी; पर अब तो अत्याचारों का दौर-दौरा पहले से कहीं ज़्यादा है !"—गुरु जी ने सोचते हुए कहा—"इस सब का सामना करने के लिए, पता नहीं, क्या कुछ करना होगा ?"

उन्होंने सोचा, सबसे पहले तो अपना केन्द्र स्थान ऐसी जगह बनाना होगा जो प्रकृति की गोद में हो। मुग़ल शासकों की आंखों से थोड़ा दूर हो और सामरिक दृष्टि से उपयोगी हो। उन्होंने पास की पहाड़ी रियासत विलासपुर के एक गांव माखोवाल को उपयुक्त स्थान समझा और वहां एक नगर बसाना शुरू किया जो कुछ समय बाद 'आनन्दपुर' नाम से विख्यात हुआ।

उन्हें देश के विभिन्न भागों में स्थापित सिख-संगतों की ओर से लगातार पत्र मिल रहे थे। ढाका की संगत ने उन्हें विशेष रूप से आमंत्रित किया था। गुरु तेग बहादुर देश के दूर-दूर भागों की यात्रा करके अपनी आंखों से देश की जनता का हाल-चाल जानना चाहते थे। अपने चुने हुए साथियों को लेकर वे पूर्वी भारत की यात्रा पर

निकल पड़े। उनके साथ उनकी पत्नी (माता गूजरी) भी थीं।

पंजाब से निकल कर अम्बाला, कुरुक्षेत्र, दिल्ली, मथुरा, आगरा, कानपुर और फतेहपुर होते हुए प्रयाग पहुंचे। हर स्थान पर हज़ारों की संख्या में संगत आ जुड़ती। उन्होंने देखा, लोग डरे-सहमे और भविष्य की चिंता में डूबे हुए हैं। एक स्थान पर किसी ने प्रश्न किया—'गुरुदेव! इस संकटमयी स्थिति से हमारी मुक्ति कैसे होगी ?'

वे मुस्कराए—"मेरे प्यारे भाई ! संकट हमारे मन में है। हमारे मन को भय ने घेर रखा है। संकट से मुक्त होना चाहते हो तो भय का त्याग करो। ईश्वर को स्मरण करो और अपने अंदर आत्म-विश्वास को जगाओ .... ।"

भै नासन दुरमति हरन कलि मैं हरि को नाम।
निस दिन जो नानक भजै सफल होहि तिह काम।।

किसी ने पूछा—"सद्गुरु ! भय से मुक्त कैसे हों ? पंडे-पुरोहित मृत्यु का भय दिखाते हैं। देश के हाकिम अपनी शक्ति का भय दिखाते हैं। हम दीन-हीन, दुर्बल और लाचार लोग आखिर अपनी रक्षा कैसे करें ?"

"अपने आप को दीन-हीन और लाचार समझना सबसे बड़ी भूल है मेरे भाई ! वे बोले—"जो धार्मिक अगुवा ईश्वर के नाम पर तुम्हारे अंदर मृत्यु का भय पैदा करता है, वह ईश्वर को नहीं समझता। बल्कि तुम्हारे अंदर मृत्यु-भय पैदा करके वह अपने स्वार्थ का साधन करता है। ईश्वर तो पतितों का उद्धार करने वाले हैं, हमारा भय नष्ट करने वाले हैं और अनाथों के नाथ हैं। ऐसे परमेश्वर को सदा अपने साथ समझो ....

पतित उधारन भै हरन हरि अनाथ को नाथ।
कहु नानक तिह जानिए सदा बसतु तुम साथ।।

गुरु तेग बहादुर स्थान-स्थान की संगत को एक ही उपदेश दे रहे थे—अपने आप में विश्वास पैदा करो, भय से मुक्त हो जाओ। न किसी को भयभीत करो, न किसी का भय स्वीकार करो ...

भै काहू को देत नहि नहि भै मानत आनि।
कहु नानक सुन रे मना गिआनी ताहि बखानि।।

प्रयाग तो तीर्थराज कहलाता है। देश के कोने-कोने से लोग संगम पर स्नान करने के लिए वहां आते हैं। देश के विभिन्न भागों की स्थिति का परिचय पाने तथा जन-मानस में विचरते भावों को जानने के लिए उससे अच्छा स्थान भला और कौन-सा हो सकता है। गुरु तेग बहादुर अपने परिवार और साथियों सहित लगभग 6 मास तक प्रयाग में रहे। सुदूर भारत के तीर्थ-यात्रियों के बीच वे विचरे और सभी में भय-मुक्ति का संदेश प्रसारित करते रहे।

प्रयाग से चलकर मिर्ज़ापुर, बनारस और गया होते हुए वे पटना पहुंचे।

पटना पहुंचे उन्हें कुछ ही दिन हुए थे कि आमेर के राजा महाराज जयसिंह के पुत्र राजा राम सिंह का दूत उनके पास आया।

"गुरु देव !" दूत बोला—"राजा साहब आपके दर्शन करना चाहते हैं।"

"कौन .... ! राजा राम सिंह जी ? वे कहां हैं ?"

"गरुदेव ....! राजा साहब एक बड़ी सेना लेकर असम की ओर जा रहे हैं। बादशाह ने उन्हें असम के राजा चक्रध्वज पर चढ़ाई करने के लिए भेजा है। इस समय वे मुंगेर में डेरा डाले हुए हैं।"

"अच्छा ....!" गुरु तेग बहादुर प्रसन्नता से बोले—"आमेर का राजघराना तो गरु-घर का बहत प्रेमी है। उनसे मिल कर हमें बड़ी प्रसन्नता होगी।"

गुरुदेव ...!" दूत बोला—"अन्नदाता राजा साहब को इस समय

आपके आशीर्वाद की बहुत आवश्यकता है।"

"क्यों ?" उन्होंने आश्चर्य से पूछा—"क्या बात है ?"

"महाराज !" दूत बोला—"असम के वीर राजा चक्रध्वज की सेनाओं ने मुग़लों को गौहाटी से खदेड़ दिया है। बादशाह ने मीर जुमला को मुग़लों की हार का बदला लेने के लिए भेजा था, पर वहां के ख़राब मौसम में वह बीमार पड़ गया और ढाका में उसकी मौत हो गई। आप तो जानते ही हैं सद्गुरु ! कि वह क्षेत्र तो जादू-टोने का घर है। पता नहीं, मीर जुमला बीमारी से भरा है या उस पर किसी भूत-प्रेत की छाया पड़ गई।"

वे मुस्कराए—"परमात्मा राजा राम सिंह के अंग-संग है। वे सकुशल रहेंगे।"

"धन्य हो गुरुदेव !" दूत ने अपना मस्तक झुका दिया—"आप जानते ही हैं कि बादशाह आजकल आमेर के राज-वंश से ख़ुश नहीं हैं। हमारा तो अनुमान है कि अन्नदाता को असम भेजने में उसकी दोहरी चाल है। हम सफल हो गए तो मुग़ल साम्राज्य की खोई प्रतिष्ठा फिर लौट आएगी और भगवान न करे यदि अन्नदाता का हाल भी मीर जुमला जैसा हआ तो भी बादशाह मन-ही-मन ख़ुश होगा।"

"राजा राम सिंह का बाल भी बांका नहीं होगा।" वे बोले—"हम स्वयं मुंगेर आने वाले हैं। वहां की संगत ने हमें बहुत से बुलावे भेजे हैं। तुम राजा जी से कहो कि अकाल पुरुष पर भरोसा रखें। हम शीघ्र ही उन्हें मुंगेर में आकर मिलेंगे।"

गुरु तेग बहादुर मुंगेर पहुंचे तो राजा राम सिंह शाही-शिविर छोड़कर उनसे मिलने आए और उन्होंने कहा—"सद्गुरु जी ! आपका आशीर्वाद मुझे मिला और मेरे मन का सारा भय दूर हो गया; परन्तु मैं चाहता हूं कि इस मुहिम पर आप मेरे साथ चलने की कृपा करें। आपका वरदहस्त मेरे सिर पर रहेगा तो मुझे रत्ती भर चिंता नहीं रहेगी।"

गुरु तेग बहादुर को सुदूर पूर्वी क्षेत्रों में जाना ही थी। वे सहर्ष राजा राम सिंह के साथ जाने को तैयार हो गए।

माता गूजरी उस समय गर्भवती थीं। उन्हें और अपने अनेक साथियों को पटना की संगत की देख-रेख में छोड़ कर वे राजा राम सिंह के साथ हो लिये।

पहले बड़ा पड़ाव ढाका का था। राजा राम सिंह युद्ध की तैयारियां करने लगे और गुरु तेग बहादुर संगतों के बीच रम गए। लगभग दो शती पहले गुरु नानक ने भी उस प्रदेश की यात्रा की थी। तभी से स्थान-स्थान पर संगतें बन गई थीं। ढाका की संगत 'हजूरी संगत' थी, जहां गुरुओं का एक विशेष प्रतिनिधि रहता था, जिसे 'मसंद' कहते थे। यह मसंद आस-पास की संगतों का मार्ग-निर्देशन करता था।

ढाका-निवास के दिनों में दूर-दूर से श्रद्धालु जन गुरु जी का उपदेश सुनने के लिए आने लगे। सुबह-शाम संगत का लाभ लेने के लिए श्रद्धालुओं की बड़ी भीड़ एकत्र हो जाती थी।

इन्हीं दिनों पंजाब का एक व्यापारी रक्खी शाह उन्हें ढाका में आ मिला।

वह बोला—"सद्गुरु ! दिल्ली के शहंशाह के जुल्म बढ़ते ही जा रहे हैं। चारों तरफ़ अत्याचार और लुट-पाट का बोल-बाला है। किसी का जीवन, मान और सम्पत्ति सुरक्षित नहीं है। पता नहीं क्या होगा ?"

गुरु तेग बहादुर सोच में डूब गए। फिर बोले—"रक्खी शाह ! जुल्म जितना बड़ा होता है, उसका सामना करने के उपाय भी उतने ही बड़े होने चाहिए। अत्याचार रोकने के लिए बलिदान की ज़रूरत है। बलिदान से जनता जागृत होती है और तब जागी हुई जनता, अत्याचारों की आंधी के सामने चट्टान की तरह खड़ी हो जाती है।"

तभी भाई संगतिया ने आकर उन्हें प्रणाम किया। गुरु जी उसे देखकर थोड़ा आश्चर्यचकित हुए। वह उनके साथ आनन्दुपर से आया

था और उन्होंने उसे अपने परिवार तथा कुछ अन्य साथियों के साथ पटना में ही छोड़ दिया था।

"क्यों भाई संगतिया .... तुम यहां कैसे ?"

"सच्चे पातशाह ! मैं एक बड़ा सुखद समाचार लेकर आया हूं।"

गुरु जी मुस्कराए।

भाई संगतिया बोला—"माता गूजरी जी ने पुत्र-रत्न को जन्म दिया है। पटना की संगतें इस ख़ुशी में फूली नहीं समा रही हैं। वहां नित नए उत्सव मनाए जा रहे हैं। पटना के महाराज और महारानी नन्हें साहबज़ादे के दर्शन करने के लिए नित्य आते हैं।"

गुरु जी विचारों में डूबे हुए थे।

"सद्गुरु !" भाई संगतिया बोला–"माता जी की इच्छा है कि आप पटना पधारें और साहबजादे को अपना आशीर्वाद दें।"

"भाई संगतिया !" वे बोले—"तुम बड़ा सुखद समाचार लाए हो। तुम्हारा कल्याण होगा। पटना की संगत से भी हम बहुत ख़ुश हैं। उन्होंने गुरु-परिवार और तुम सबकी कितनी सेवा की है। साहबज़ादे को देखने का मेरा मन भी करता है; परन्तु मैं अभी पटना नहीं लौट सकता। मझे यहां की उन सारी संगतों से मिलना है, जो दूर-दूर नगरों में फैली हुई हैं, फिर मैंने राजा राम सिंह को भी वचन दिया है। तुम अभी थोड़ा विश्राम करो, फिर पटना वापस चले आओ। सबको हमारी कुशल-क्षेम कहना और हमारा आशीर्वाद देना।"

गुरु तेग बहादुर ने चटगांव, सिलहट, लस्कर आदि अनेक स्थानों की यात्रा की। राजा राम सिंह अपनी सेना लेकर रंगामती पहुंच चुके थे। वे वहां जाकर उनसे मिले। राजा राम सिंह बहुत घबराए हुए थे। अहोम जाति के राजा चक्रध्वज के नेतृत्व में सारी जनता मुग़लों के विरुद्ध उठ खड़ी हुई थी। राजा राम सिंह के नेतृत्व में मुग़ल और राजपूत सेनाओं ने गौहाटी पर अधिकार करने का कई बार प्रयत्न किया; परन्तु उन्हें सफलता नहीं मिली।

"सद्‌गुरु !" राजा राम सिंह ने कहा—मैं बड़ी कठिनाइयों में फंस गया हूं। शहंशाह के बारबार पैगाम आ रहे हैं कि गौहाटी पर तुरन्त कब्जा किया जाए; परन्तु राजा चक्रध्वज और उसकी सेना गौहाटी की जिस तरह जी तोड़कर रक्षा कर रही है, उसमें हमारी कोई युक्ति काम नहीं आ रही है। दूसरी तरफ़, हमारी सेना में बड़ी तेज़ी से बीमारी फैलती जा रही है। ऐसी स्थिति में क्या किया जाए ? कुछ भी समझ में नहीं आता।"

"राजन् .... !" गुरु तेगबहादुर बोले—"आपका प्रयत्न अहोम जाति को मुग़लों की दासता में लाने का है, जब कि राजा चक्रध्वज का प्रयत्न अहोम जाति की स्वतंत्रता की रक्षा करना है। आप में से किसका उद्देश्य पवित्र है ?"

"सद्‌गुरु !"—राजा राम सिंह बोले—"आप ठीक कहते हैं। हमारा घराना कई पीढ़ियों से मुग़ल बादशाहों की सेवा करता आ रहा है। मुग़ल साम्राज्य को बढ़ाने के लिए हमने क्या नहीं किया। उदयपुर के राजाओं की स्वतन्त्रता को नष्ट करने के लिए बादशाहों ने सदा हमें अपना हथियार बनाया। काबुल के आज़ादी-पसंद पठानों को मुग़ल सल्तनत के नीचे लाने के लिए सदा हम लड़ते-मरते रहे। महाराष्ट्र के वीर शिवाजी की स्वराज्य की लड़ाई के विरुद्ध पूज्य पिताजी महाराज जय सिंह को भेजा गया। मुग़ल सल्तनत के लिए हमने क्या नहीं किया ?"

"परन्तु राजन् !" गुरु तेगबहादुर बोले—"जिस सल्तनत के लिए आपने और आपके पूर्वजों ने इतना कुछ किया, उसने इस देश को क्या दिया ? आज आप देख ही रहे हैं कि औरंगजेब की बादशाहत में प्रजा को स्वधर्म-पालन करने की भी आज़ादी नहीं है। लोगों के धर्म-स्थान नष्ट किए जा रहे हैं, उन पर अनुचित कर लगाए जा रहे हैं, उन्हें अपना धर्म बदलने के लिए मजबूर किया जा रहा है।"

उनकी बात सुनकर राजा राम सिंह सोच में डूब गए, फिर

बोले—"गुरुदेव ! मैं बड़े धर्म-संकट में हूं। मैं राजा चक्रध्वज से नहीं लड़ना चाहता। मैं नहीं चाहता कि अहोम जाति, जिसमें स्वतन्त्रता की चिनगारियां शेष हैं, मेरे कारण बुझ जाएं; परंतु शाही दरबार में हमारी प्रतिष्ठा का भी प्रश्न है। कहीं राजा चक्रध्वज इसे हमारी दुर्बलता समझ कर मुग़ल राज्य की सीमाओं की ओर बढ़ने लगे तो मेरी स्थिति विषम हो जाएगी। तब उनसे युद्ध किए बिना मेरे पास कोई उपाय नहीं रहेगा।"

गुरु तेग बहादुर मुस्कराए—"राजन् ! आप इसकी चिंता न करें। राजा चक्रध्वज का घराना भी गुरु-घर से बहुत प्रेम करता है। आप को पता ही है कि सद्गुरु नानक इस प्रदेश में आए थे। तभी से यह वंश गुरु-घर में अपार श्रद्धा रखता है। मैं आपको यह भी बता दूं कि राजा चक्रध्वज मुझसे मिल चुके हैं। वे केवल इतना ही चाहते हैं। कि आप उनके प्रदेश पर मुग़लों की हुकूमत कायम करने का विचार छोड़ दें। मुग़लों के राज्य में घुसकर उस पर अधिकार करने का उनका कोई विचार नहीं है।"

राजा राम सिंह की आंखें प्रसन्नता से चमक उठीं—"धन्य हो गुरुदेव! मुझे यह स्वीकार है। चाहे मेरे प्राण ही क्यों न चले जाएं। मेरे हाथों अहोम जाति की स्वतन्त्रता नष्ट नहीं होगी।"

असमवासी अहोम जाति के राजा चक्रध्वज और राजा राम सिंह में इस प्रकार संधि करवा कर गुरु तेग बहादुर बहुत प्रसन्न हुए। इधर उन्हें बराबर समाचार मिल रहे थे कि देश में औरंगज़ेब की धार्मिक नीति के कारण अत्याचार अपनी सभी सीमाएं लांघते जा रहे हैं।

उन्हें लगा कि उन्हें तुरन्त पंजाब की ओर लौटना चाहिए।

बंगाल और उड़ीसा में अनेक भागों की यात्रा करते हुए गुरु तेग बहादुर पटना वापस आ गए। शिशु गोबिंद राय की आयु ढाई वर्ष की हो चुकी थी। उनकी बाल-लीलाओं ने पटना की जनता को मोह लिया था।

पिता-पुत्र की यह पहली भेंट थी। बालक गोबिंद की बाल-क्रीड़ाएं देखकर उसके मुख से मगही बोली के शब्द सुनकर उनका हृदय वात्सल्य से भर आता, परन्तु पंजाब से उन्हें नित्य समाचार मिल रहे थे। हर ओर जुल्म का बोलबाला था। निरपराध लोग बंदी बनाए जा रहे थे। जज़िया कर के बोझ से निर्धन जनता की कमर टूटती जा रही थी।

पटना में तीन महीने रहकर उन्होंने पंजाब की ओर लौटने का निश्चय किया।

"क्या आप हमें अपने साथ नहीं ले जा रहे हैं ?"—माता गूजरी ने पूछा।

"नहीं .... !" गुरु तेग बहादुर की मुद्रा गंभीर हो गई—"आप जानती हैं कि देश में इस समय अत्याचारों का दौर आया हुआ है। पंजाब की जनता पर तो विशेष रूप से कहर ढाये जा रहे हैं। हमें वहां शीघ्र पहुंचना चाहिए। आजकल तो रास्ते भी सुरक्षित नहीं हैं और गोबिंद जी अभी बहुत छोटे हैं। आप कुछ और समय तक पटना में ही रहिए। यहां की संगत आपकी पूरी देख-भाल करेगी। हम आनन्दपुर पहुंच कर सारी परिस्थिति का अध्ययन करेंगे, फिर आप को बुला भेजेंगे।"

"जैसी आप की इच्छा।"—माता गूजरी ने सिर झुका दिया।

मार्ग में अनेक स्थानों की यात्रा करते, वहां की संगतों से मिलते, स्थितियों का अध्ययन करते हुए गुरु तेगबहादुर आनन्दपुर वापस पहुंचे।

पांच वर्ष बीत गए।

इस बीच माता गूजरी और बालक गोबिंद पटना में ही रहे, उनके विश्वस्त सिख जन वापस आनन्दपुर आ चुके थे।

पहाड़ियों से घिरा आनन्दपुर नगर धीरे-धीरे विकसित होता जा रहा था।

दूर-दूर की सिख-संगतें गुरु के दर्शन के लिए यहां आती थीं। दूर-दूर से लोग भी इस नगर में आकर बस रहे थे।

गुरु तेग बहादुर का निवास-स्थान सदा भक्तों और दर्शनार्थियों से भरा रहता था। कथा, कीर्तन और उपदेशों से सारा वातावरण गूंजता रहता।

साथ ही गुरु का लंगर था। सभी के लिए एक आज्ञा थी—गुरु का दर्शन करना है तो पहले लंगर में प्रसाद ग्रहण करो।

"क्यों हमें भी पहले लंगर में जाना पड़ेगा ?" विलासपुर की रानी ने, जो गुरु-दर्शन के लिए आई थीं, बड़े आश्चर्य से पूछा।

"हां, महारानी जी !" सेवादार ने बड़ी नम्रता से कहा—"गुरु-घर का यह नियम है।"

"परन्तु हम उस लंगर से भोजन कैसे ग्रहण करेंगे, जिसके सम्बन्ध में यह भी पता नहीं कि उसे पकाने वाला ब्राह्मण है या शूद्र।"

सेवादार ने फिर बड़ी नम्रता से कहा—"महारानी जी ! गुरु के दरबार में न कोई ब्राह्मण है न शूद्र, न हिन्दू है न मुसलमान। यहां सभी एक हैं, बराबर हैं और भाई हैं।"

रानी बिना दर्शन किए ही वापस लौट गयीं।

वे गहरी चिंता में डूबे हुए थे।

उनके सामने बैठे हुए कश्मीर से आए सभी पंडित भी चुप थे और उदास थे।

पंडित कृपा राम ने उदासी भरे वातावरण को तोड़ते हुए कहा—"गुरुदेव ! सद्‌गुरु नानक ने दो शती पहले कहा था—इस कलियुग में राजे कसाई हो गए हैं, धर्म पंख लगा कर उड़ गया है, चारों ओर झूठ की अमावस्या छाई है, सच्चाई का चंद्रमा कहीं दिखाई नहीं देता; परन्तु आज की स्थिति तो उससे भी

भयानक है।[1] आज के कसाई राजाओं की बनाई हुई झूठ की काली अमावस हम सब को निगल जाने को तैयार खड़ी है। ऐसा लगता है, हममें से कोई भी नहीं बचेगा। हमारे सामने दो ही रास्ते हैं—सिर झुकाओ या सिर कटाओ'।"

पंडित कृपा राम चुप हुए, तो उदासी का कोहरा और घना हो गया।

पंडित कृपा राम कश्मीर की एक प्राचीन संस्कृत पाठशाला के आचार्य थे। उसी पाठशाला के एक अन्य अध्यापक पंडित धर्मदास बोले—"सद्गुरु ! कश्मीर के नए सूबेदार ने तो अति ही कर दी है। सारे प्रदेश में डोंडी पिटवा दी गई है। मंदिर तोड़े जा रहे हैं। पाठशालाएं बलात् बन्द की जा रही हैं। सिपाही यदि किसी के शरीर पर यज्ञोपवीत या किसी के मस्तक पर तिलक लगा हुआ देख लें तो शिकारी कुत्तों की तरह उन पर टूट पड़ते हैं।"

गुरु तेग बहादुर के मस्तक की रेखाएं और सघन हो गईं। आंखें कहीं बहुत दूर देखने लगीं।

"गुरु देव !" यह तीसरी आवाज़ थी—"गुरु नानक देव ने उस समय आशा और विश्वास का दीपक इस धरती पर जलाया था, जब सचमुच अमावस की काली रात थी। दूर-दूर तक प्रकाश की कोई किरण दिखाई नहीं दे रही थी। आज इस दीपक को जलते हुए दो सौ वर्ष हो चुके हैं। यह दीपक अब एक तेजपुंज के रूप में बदल गया है। गुरु का घर अब बेसहारों का सहारा है, निराश्रितों का आश्रय है और सबसे बड़ी बात यह है कि हम सभी के मार्ग-दर्शन का केन्द्र है।"

पंडित कृपा राम बोले—"सद्गुरु ! आप जानते ही हैं कि आज

---

1. कलि काते राजे कसाई, धरम पंख करि उडरीआ।
कूड़ अमावस सच चंद्रमा, दीसे नाहीं कहि चड़ीसा।।

अपने समाज की क्या स्थिति है। लोग समझ रहे हैं कि उनके साथ अन्याय हो रहा है, फिर भी चुप हैं और सब कुछ सह रहे हैं। कारण भी आप जानते हैं। लोग भयभीत हैं, डरे हुए हैं। अन्याय के सामने कौन खड़ा हो ? जीवन की बाजी कौन लगाए ?"

"जीवन की बाजी कौन लगाए ?"—गुरु तेग बहादुर के मुंह से अस्फुट स्वर में निकला, फिर वे गुरु नानक की पंक्तियां दोहराने लगे—

जे तउ प्रेम खेलण का चाउ।
सिर धर तली गली मेरी आउ।।
इत मारग पैर धरो जै।
सिर दीजै कणि न कीजै।।[1]

आगन्तुक पंडित उनकी ओर टकटकी लगाए देख रहे थे। गुरुदेव का स्वर गंभीर होता जा रहा था। उनकी आंखें मुंद गई थीं और उनके मुख पर रक्त की लालिमा गहराने लगी थी।

फिर उनकी आंखें खुलीं। उन आंखों में गहरा आश्वासन झांक रहा था और उसी के साथ एक निश्चय भी।

"पंडित जी !" वे बोले—"आपने ठीक कहा है। जो भी संकट हमें घेरे हुए है, उसका कारण भय है। यह भय शासन का है। उसकी ताकत का है; पर इस बाहरी भय से भी कहीं अधिक भय हमारे मन का है। हमारी आत्मिक शक्ति दुर्बल हो गई है। हमारा आत्मबल नष्ट हो गया है। इस बल को प्राप्त किए बिना यह समाज भय-मुक्त नहीं होगा। बिना भय-मुक्त हुए यह समाज अन्याय और अत्याचार का सामना नहीं कर सकेगा।"

---

1. यदि तुम सच्चे प्रेम का खेल खेलना चाहते हो, तो सिर को हथेली पर रखकर मेरे रास्ते पर आओ। यदि इस मार्ग पर पैर धरना है, तो सिर देना होगा और तनिक भी संकोच नहीं करना होगा।

"परन्तु गुरुदेव !"—पंडित कृपा राम बोले—"सदियों से विदेशी पराधीनता और आन्तरिक कलह में डूबे हुए इस समाज को भय से छुटकारा किस तरह मिलेगा ?"

"वह अकाल पुरुष ही हमारे भय का नाश करेगा ?"—गुरुदेव की दृष्टि ऊपर की ओर उठ गई और मुंह से शब्द फूटने लगे—

पतित उधारन भै हरन हरि अनाथ के नाथ।
कहु नानक तिह जानिए सदा बसत तुम साथ।।

"हमारे साथ सदा बसने वाला परमेश्वर ही हमें वह शक्ति देगा कि हम भय मुक्त होकर अन्याय का सामना कर सकें।"

"गुरुदेव, इसके लिए हमें और कितनी लम्बी प्रतीक्षा करनी होगी ?" पंडित कृपा राम ने व्यग्र होकर पूछा।

"प्रतीक्षा की घड़ियां समाप्त हो गईं पंडित जी !" गुरु जी ने मुस्कराते हुए कहा—"परमात्मा की इच्छा का निमित्त हमें ही बनना होगा।"

इस बीच नौ वर्ष के बालक गोबिंद भी पिता के पास आकर बैठ गए थे। गुरु तेग बहादुर ने बड़े स्नेह से बालक की ओर देखा। उसकी पीठ पर हाथ फेरा और कहा—"पंडित जी ! भय का कारण अंधेरा है, जिसमें व्यक्ति को कोई मार्ग नहीं सूझता। अंधेरा दूर करने के लिए दीपक जलाना पड़ता है और दीपक तेल से जलता है। आइए हम सब मिलकर दीपक जलाएं। उसमें अपने जीवन का तेल डालें, जिससे अंधेरा दूर हो सके।"

गहरा सन्नाटा व्याप गया था। सभी लोग एकटक गुरु तेगबहादुर की ओर देख रहे थे।

"और सबसे पहले इस दीपक में तेल मैं अपने जीवन का डालूंगा। परमेश्वर की यही इच्छा है।"

सन्नाटा कुछ और गहरा गया था।

वे बोले—"अंधेरा बहुत घना है। प्रकाश भी उसी मात्रा में चाहिए। एक दीपक से अनेक दीपक जलेंगे। एक जीवन की आहुति अनेक जीवनों को इस रास्ते पर लाएगी।"

"गुरुदेव !" पं. कृपा राम बोले—"आपने क्या निश्चय किया है, यह ठीक-ठीक हमारी समझ में नहीं आया। यह भी बताइए कि हमें क्या करना होगा ?"

वे मुस्कराए—"पंडित जी, भयग्रस्त और पीड़ित जातियों को जगाने के लिए आवश्यक है कि कोई ऐसा व्यक्ति अपने जीवन का बलिदान दे, जिसके बलिदान से लोग हिल उठें, जिससे उनके अंदर की आत्मा चीत्कार कर उठे। वह बलिदान उन्हें कुछ करने के लिए प्रेरित कर सके। आप मेरे पास आए हैं। सद्‌गुरु नानक की गद्दी की ज़िम्मेदारी मेरे कंधों पर है। गुरु नानक का घर सब का सांझा घर है। मैंने निश्चय किया है कि समाज की आत्मा को जगाने के लिए सबसे पहले मैं अपने प्राण दूंगा और फिर सिर देने वालों की एक श्रृंखला बन जाएगी। लोग हंसते-हंसते मौत को गले लगा लेंगे। हमारे लहू से समाज की आत्मा पर चढ़ी कायरता और भय की काई धुल जाएगी और तब ....।"

"और तब शहीदों के लहू से नहाई हुई तलवारें अत्याचार का सामना करने के लिए तड़प उठेंगी।"

यह बात बालक गोबिंद के मुंह से निकली थी। उन सरल आंखों में भावी संघर्ष की चिनगारियां फूटने लगी थीं।

दिल्ली में चांदनी चौक की शाही कोतवाली।

गुरु तेग बहादुर और तीन साथी—भाई मती दास, भाई सती दास और भाई दयाल दास—वहां बंदी बना कर रखे गए हैं।

काज़ी बोला—"आप लोग अपना भला क्यों नहीं सोचते। मुफ्त में जान गंवाने का क्या फायदा है। आप जहांपनाह की बात क्यों नहीं मान लेते ?"

"काज़ी जी !" गुरु तेग बहादुर बोले—"आप खुदा परस्त हैं। आप अच्छी तरह जानते हैं कि खुदा एक है। उस तक पहुंचने के रास्ते अलग-अलग हो सकते हैं। हर इंसान को खुदा तक पहुंचने के लिए अपनी राह चुनने की आज़ादी है। आप बादशाह को समझाइए कि वे अपनी रिआया के इस हक को न छीनें।"

काज़ी बोला—"बादशाह सलामत अच्छी तरह जानते हैं कि आप हिन्दुओं के रहनुमा हैं। अच्छा तो यह है कि आप लोगों को समझाएं कि वे सही रास्ते पर आ जाएं और बादशाह जो मज़हब कबूल करने के लिए कहते हैं, उसे कबूल कर लें। इसी में उनकी भलाई है।"

शाही कारिन्दों और गुरु तेग बहादुर के बीच यह बातचीत कई दिन तक चलती रही। आखिर एक दिन उन्हें कहा गया—"हमारे पास बादशाह का आखिरी फरमान आ चुका है। या तो आप हमारी बात मान लें या मौत के लिए तैयार हो जाएं।"

गुरु तेग बहादुर मुस्कराए—हमारे प्रियतम का भी आखिरी फरमान हमारे पास आ चुका है—

जिस मरने ते जग डरे मेरे मन आनन्द,
मरने ही ते पाइए पूरन परमानंद।

सबसे पहले सिपाही भाई मती दास को ले गए। कोतवाली के सामने उन्हें दो तख्तों के बीच बांध दिया गया। दो जल्लादों ने आरा सिर पर रख दिया।

आरा चला।

भाई मती दास का शरीर दो टुकड़ों में कटने लगा। चौक को घेर कर खड़ी विशाल भीड़ फटी आंखों से यह दृश्य देखती रही।

फिर बारी आई भाई दयाल दास की।

उनके हाथ-पैर बांध दिए गए।

फिर उन्हें उबलते हुए तेल के कढ़ाव में डाल दिया गया। जिस

भीड़ ने यह नज़ारा देखा, उसकी आंखें पथरा-सी गईं।

तीसरे दिन शाही कारिन्दे भाई सती दास को लेने आ गए।

"क्या तुम्हारा भी वही फैसला है ?" काज़ी ने पूछा।

"मेरा फैसला तो मेरे सद्‌गुरु ने कब का सुना दिया।"—उन्होंने मुस्कराते हुए कहा।

भाई सती दास के सारे शरीर को रुई से लपेट दिया गया और फिर उसमें आग लगा दी गई। शरीर धू-धू कर जलने लगा। उसी के साथ भीड़ की पथराई आंखें पिघल उठीं और वह चीत्कार कर उठी।

फिर वह घड़ी भी आ गई।

काज़ी ने गुरु तेग बहादुर के लिए भी फतवा पढ़ दिया—'धर्म बदलो या मृत्यु स्वीकार करो।'

कोतवाली के खुले मैदान में विशाल वृक्ष के नीचे गुरु तेग बहादुर गहरे ध्यान में डूबे हुए थे। जल्लाद जलालुद्दीन नंगी तलवार लेकर खड़ा था। आकाश में घने बादल छा गए थे। कोतवाली के बाहर असंख्य भीड़ उमड़ रही थी। शाही सिपाही उस भीड़ को काबू में रखने के लिए डंडों की बौछार कर रहे थे। शाही घुड़सवार भीड़ को रौंदते और गालियां बकते अपने घोड़े दौड़ा रहे थे।

उधर आकाश में बादल और गहरे हो उठे थे। हवा की रफ़्तार तेज़ होती चली जा रही थी।

काज़ी ने इशारा किया।

जल्लाद की तलवार चली

और

गुरु तेगबहादुर ने 'सीस दिया पर सी न उचरी'

एकाएक हवा का दबाव तेज़ हो उठा और तेज अंधड़ चलने लगा। आकाश से मोटी-मोटी बूंदें भी गिरीं। चारों ओर कोहराम मच

गया। घुड़सवारों के घोड़े हिनहिनाने लगे। सूरज घने बादलों के पीछे छिप गया और अंधेरा गहरा हो उठा।

तभी बिजली की चमक की भांति एक व्यक्ति गुरु के कटे हुए शरीर तक पहुंच गया। उसका शरीर काले कपड़े से ढका हुआ था। उसने पलक झपकते गुरु-शीश को उठाकर अपने कपड़ों में छिपा लिया और भीड़ में गायब हो गया।

यह था भाई जैता।

उसका घोड़ा कुछ दूर एक वृक्ष से बंधा तैयार खड़ा था।

गुरु-शिर लेकर वह आनन्दपुर की ओर निकल गया।

अंधड़ और अंधेरा और घना होता गया।

भीड़ का कोहराम और तेज़ हो गया।

बेकाबू भीड़ को संभालना सिपाहियों के लिए और मुश्किल हो उठा।

तभी फतेहपुरी की तरफ़ से आता हुआ बैलगाड़ियों का एक काफिला तेज़ी से लाल किले की ओर बढ़ने लगा।

यह काफिला लक्खी शाह लुबाणे का था, जो शाही ठेकेदार था और क़िले में रसद आदि पहुंचाने का काम किया करता था।

साथ ही वह गुरु का सिख भी था।

"चलो, हटो .... रास्ता छोड़ो ! .... शाही रसद का काफिला जा रहा है ! ... चलो हटो .... ! चलो .... !" काफिले के आगे-आगे लक्खी शाह का बेटा नगाहिया हांक लगा रहा था। उसके अन्य सात बेटे भी हांक लगाते चल रहे थे।

एकाएक गाड़ियां कोतवाली के सामने आकर रुक गयीं। गाड़ियों के खड़े हो जाने से शाही सिपाही इधर-उधर छितर गए।

और अंधड़ था कि तेज़ ही होता चला जा रहा था। धूल सबकी आंखों में भरती चली जा रही थी।

नगाहिया और उसके तीन भाई झटपट, कोतवाली के वृक्ष के नीचे पहुंच गए।

ख़ून में डूबी गुरु-देह पड़ी हुई थी।

उन्होंने उसे एक चादर में लपेट लिया और बीच की जिस बैलगाड़ी में रुई लदी थी, उसमें लाकर रुई से ढंक दिया।

काफिला फिर आगे बढ़ चला।

चलो, हटो ! .... रास्ता छोड़ो ! .... शाही रसद का काफिला जा रहा है ! ... चलो, हटो ! .... चलो, हटो .... !

गुरु-शीश का अग्नि संस्कार हुआ आनन्दपुर में और गुरु-देह को लक्खी शाह दिल्ली के पास ही अपने गांव रायसीना में ले आया, अंतिम संस्कार के लिए।

जहां गुरु तेग बहादर शहीद हुए वहीं आज बना हुआ है चांदनी चौक का भव्य गुरुद्वारा 'शीश गंज'।

जहां गुरु-देह का संस्कार हुआ, वहां बना है—सुन्दर गुरुद्वारा 'रकाब गंज' नई दिल्ली संसद भवन के एकदम निकट।

जीवन आदर्श

गुरु तेग बहादुर के जीवनादर्श का एक पहलू उनका अपना जीवन है और दूसरा पहलू उनकी रचनाएं हैं। गुरु तेग बहादुर की वाणी में अभिव्यक्ति की एक बड़ी लुभावनी सरलता है जो पाठक से अपना सीधा तादात्म्य स्थापित कर लेती है।

गुरु तेग बहादुर की वाणी का रचना-पक्ष दो स्थितियों को समानान्तर ढंग से हमारे सामने रखता है। एक स्थिति है संसार और सांसारिकता की, जिसमें धन-सम्पत्ति है, पत्नी और पुत्र हैं; लोभ, मोह, काम, क्रोध और अहंकार आदि मानसिक प्रवृत्तियां हैं। इस पक्ष का एक सामूहिक नाम है 'माया'। दूसरी स्थिति परमात्मा की है, जिसमें सांसारिकता से छूटने, उससे उबरने, उससे मुक्त होने और उस परमसत्ता से जुड़ने का बारम्बार आग्रह है। इस पक्ष को 'नाम' कहा गया है।

मानवीय संकट क्या है ? संसार के सभी सम्बन्ध, सभी सुख, सभी आनन्दमयी वस्तुएं मनुष्य के लिए हैं। मनुष्य साध्य है। ये सभी चीज़ें साधन हैं। ये चीज़ें मनुष्य को व्यापक बनाती हैं। उसे पूर्णता प्रदान करती हैं और जीवन को सार्थक बनाती हैं। परन्तु, होता क्या है ? मनुष्य सम्बन्धों, सुखों और सुविधाओं का इतना दास बन जाता है कि ये सभी चीज़ें उसके लिए न होकर वह इन चीज़ों के लिए हो

जाता है। परिणाम यह होता है कि व्यापकता के स्थान पर उसके हाथ लघुता आती है। पूर्णता की अपेक्षा वह कटे-पिटे अधूरेपन का शिकार हो जाता है और सार्थकता से बहुत दूर होकर जीवन की निरर्थकता के बोझ को ढोने लगता है। उसके सामने कोई बड़ा आदर्श नहीं रहता। सुख की खोज में कुत्ता बना हुआ वह द्वार-द्वार डोलता फिरता है और यदि कुछ पा जाए तो कंचन, कामिनी, छोटे-छोटे मान-अपमान, सुख-दुख, हर्ष-शोक, स्तुति-निन्दा में घिर कर रह जाता है।

गुरु तेग बहादुर अपनी वाणी द्वारा मनुष्य को इन दोनों स्थितियों का साक्षात्कार कराते हैं और फिर 'माया' से उबरकर 'नाम' के साथ जुड़ने की प्रेरणा देते हैं।

गुरुजी के समय का समाज अपने वृहत्तर जीवन-आदर्शों को भूलकर कंचन और कामिनी की अराधना में ही डूबा हुआ था। व्यक्ति की ऐसी मानसिकता को चित्रित करते हुए उन्होंने कहा—

कहउ कहा अपनी अधमाई।
उरझिओ कनक कामिनी के रस नह कीरति प्रेम गाई।
जग झूठै कउ साचु जानि कै ता सिउ रुच उपजाई।।
दीन बंध सिमरिओ नहीं कबहू होतु जु संगि सहाई।
मगन रहिओ माइआ मै निस दिनि छुटी न मन की काई।
कहि नानक अब नाहि अनत गति बिनु हरि की सरनाई।।

इस एक पद से ही अनेक बातें उभर आती हैं। माया के प्रपंच में फंसा हुआ व्यक्ति सोचता है कि मैं अपनी अधमता का वर्णन किस तरह करूं। मैं सोने और स्त्री में ही उलझकर रह गया हूं, संसार की झूठी चीज़ों को ही सच मान बैठा हूं, इसलिए उन्हीं में ही रुचि ले रहा हूं। क्योंकि रात-दिन माया में ही मग्न रहता हूं, इसलिए मन से अज्ञान की काई दूर नहीं होती। मुझे चाहिए क्या ? दीनबंधु का

स्मरण करूं। बिना उसकी शरण में गए मेरी गति नहीं है।

गुरु तेग बहादुर व्यक्ति को उसके मोह की छोटी सीमाओं से निकाल कर ईश्वर-नाम के व्यापक धरातल पर लाना चाहते थे, जहां से वह अपने आपको, अपने समाज को, अपने परिवेश को देख सके। व्यक्ति को वे जिस ईश्वर से जोड़ना चाहते थे, वह उससे कहीं दूर का ईश्वर नहीं था। वह तो उसी के अंदर बसा हुआ सत्य था जिसे वह अपनी संकुचित मोह-दृष्टि के कारण भूला बैठा था। इसलिए उन लोगों से, जो अपने आप को माया से मुक्त करके ईश्वर की तलाश में जंगलों में भटकने चले जाते थे और अपने आप को एक दूसरी प्रकार की लघु सीमा में घेर लेते थे, कहा—उसे खोजने के लिए वन में मत जाओ। वह तो तुम्हारे अन्दर उसी तरह बसा हुआ है, जैसे पुष्प में सुगंध बसती है या दर्पण में छाया बसती है। इसलिए सबसे पहले अपने आपको पहचानो, क्योंकि अपने आपको पहचाने बिना भ्रम की काई नहीं मिट सकती।[1]

व्यक्ति अपने आपको पहचान कर जिस ईश्वर के साथ जुड़ता है वह है कैसा ? उसमें बहुत से गुण हैं; परन्तु गुरु तेग बहादुर उसके कुछ विशिष्ट गुणों की ओर संकेत करते हैं—

पतित उधारन भै हरन हरि अनाथ के नाथ।
कहु नानक तिह जानिए सदा बसतु तुम साथ।

वह पतितों का उद्धारक है, भय का नाश करने वाला है और अनाथों का नाथ है। साथ ही वह सदा हमारे साथ रहता है।

---

1. काहे रे बन खोजन जाई।
सरब निवासी सदा अलेपा तोही संग समाई।।
पुहप मधि जिउ बासु बसतु है मुकर माहि जैसे छाई।
तैसे ही हरि बसे निरंतरि घट ही खोजहु भाई।
बाहरि भीतरि एको जानहु इहु गुरु गिआनु बताई।
जन नानक बिनु आपा चीनै मिटै न भ्रम की काई।।

उस समय का समाज कैसा था ? कहीं लोग शासन द्वारा पतित किए जा रहे थे, तो कहीं उस समाज के द्वारा भी जो किसी (अछूत) की छाया पड़ जाने मात्र से ही व्यक्ति को पतित मान लेता था। दूसरी बात यह थी कि उस समाज में रहने वाला व्यक्ति भयग्रस्त था—डरा हुआ, सहमा हुआ और इसीलिए अपने आपको अनाथ महसूस कर रहा था। उन्होंने कहा—ईश्वर का सम्पर्क हमें भय-मुक्त करता है। गुरु नानक ने अपने 'जपुजी' में भी ईश्वर के अनेक गुणों में एक गुण उसका 'निरभउ' (निर्भय) होना भी बताया था। उसे किसी का भय नहीं और उसका साथ व्यक्ति को भी निर्भय बनाता है। गुरु तेग बहादुर ने कहा—"कलियुग में हरि का नाम भय का नाश करता है, दुरमति को नष्ट करता है। इसलिए जो इसे स्मरण रखता है, उसके सभी काम सफल हो जाते हैं।"[1]

जब व्यक्ति के सम्मुख कोई बड़ा आदर्श नहीं होता, तो उसका सारा ध्यान किसी भी तरह अधिक-से-अधिक धन एकत्र करने और उसे अपनी पत्नी-बच्चों पर लुटाने में लग जाता है। ऐसा व्यक्ति—

मद माइआ कै भइओ बावरो हरि जसु नहि उचरै।
करि परपंचु जगत कउ डहकै अपनो उदरु भरै।।

माया में डूबा हुआ व्यक्ति अपने यौवन, धन और अपनी प्रतिष्ठा के अतिरिक्त और कुछ नहीं देख पाता,[2] वह माया के मद में बावरा हो जाता है,[3] और धन की आशा में लोभग्रस्त होकर इधर-उधर भागता-फिरता है। सुख की तलाश करता है; परन्तु बहुत से दुख

1. भै नासन दुरमति हरन कलि मैं हरि को नाम।
   निस दिन जो नानक भजै सफल होहि तिह काम।।
2. साधो इहु जगु भरमु भुलाना।
   जोबन धनु प्रभता के मद मै अहर्निस रहे दीवाना।।
3. मदि माइआ के भइओ बावरो हरिजसु नहिं उचरै।

पाता है और जन-जन की नौकरी बजाता हुआ, द्वार-द्वार पर कुत्ते की तरह डोलता फिरता है।[1]

गुरु तेग बहादुर ने अपनी वाणी में जिस मायाग्रस्त मन या व्यक्ति का चित्र खींचा है, वह तत्कालीन समाज का ही एक चित्र था। ऐसा समाज जिसके घटक वैयक्तिक सुख-साधना में लीन हो गए थे और सभी तरह के उच्चस्तरीय दायित्वों को भुला बैठे थे। लोग वेद-पुराण तो सुनते थे, उत्तम मार्ग क्या है, यह भी जानते थे; परन्तु जीवन में उसका पालन नहीं करते थे और इस तरह दुर्लभ मनुष्य जन्म को व्यर्थ ही गंवा रहे थे।[2]

उससे पहले गुरु नानक ने भी अपने समय में समाज का चित्र अपनी एक रचना में खींचा था। उन्होंने लिखा था—अब लोभ ही राजा बन गया है, हर प्रकार का पाप इसका मंत्री है और झूठ आज का सरदार है। लोभ और पाप के दरबार में काम नायब है, उसे बुलाकर सलाह पूछी जाती है। और उसी के साथ बैठकर विचार किया जाता है। आम जनता ज्ञान से विहीन होने के कारण अंधी हो गई है। अपने आपको ज्ञानी कहने वाले लोग निरर्थक स्वांग भरने में लगे हुए हैं। और किसी भी योद्धा का उच्च स्वर में गुणगान करने लगते हैं। मूर्ख पंडित कोरी चालाकी और तर्क-वितर्क ही करना जानते हैं और संचित धन से ही प्यार करते हैं। धर्मी लोग धर्म करते हैं; पर उसके फल को गंवा देते हैं, क्योंकि वे अपने धर्म के बदले में केवल अपना मोक्ष ही मांगते हैं। जो

---

1. बिरथा कहउ कउन सिउ मन की
   लोभ ग्रसिओ दस दिस धावत आसा लागिओ धन की।।
   सुख कै हेति बहुत दुख पावत सेव करत जन जन की।
   दुआरहि दुआरि सुआन जिउ डोलत नह सुध राम भजन की।।
2. वेद-पुरान साध मग सुनि करि।
   निमष न हरि गुन गावै।।
   दुरलभ देह पाइ मानस की बिरथा जनमु सिरावै।।

लोग अपने आपको यति कहते हैं, वे यति बनने की वास्तविक युक्ति नहीं जानते, बस ऐसे ही अपना घरबार छोड़ बैठते हैं। सभी लोग अपने आपको पूर्ण समझते हैं, कोई अपने आपको कम नहीं समझता।[1]

गुरु तेग बहादुर की वाणी में संसार की नश्वरता का स्वर बहुत प्रमुख है। इस नश्वरता के अनेक पहलू हैं। उनके सामने प्रश्न यह नहीं था कि यह संसार नश्वर है, इसलिए व्यक्ति को अपना समाधान खोजने के लिए इसे छोड़ देना चाहिए या संसार से निरपेक्ष हो जाना चाहिए। उनके सामने जो समाज था वह सांसारिक सुखों की भाग-दौड़ में इस तरह डूबा हुआ था कि उसे यह बताना बहुत आवश्यक था कि जीवन में उदात्त आदर्शों के अभाव में सब कुछ व्यर्थ है। एक ओर शासक वर्ग के लोग थे, जो अपनी सत्ता के नशे में किसी को कुछ समझते ही नहीं थे और यह समझते थे कि मानो वे सब पर शासन करने का पट्टा लिखाकर लाये हैं। ऐसे लोगों के लिए उन्होंने कहा "इस संसार में राम और रावण जैसे शक्तिमान परुष नहीं रहे, जिनका इतना बड़ा परिवार था। यह संसार या इस संसार की सारी उपलब्धियां तो स्वप्न की

---

1. लबु पापु दुइ राजा महता कुड़ु होआ सिकदारु।
कामु नेंबु सदि पुछीऐ बहि बहि करे बीचारु।।
अंधी रयति गिआन विहूणी भाहि भरे मुरदारु।
गिआनी नचहि बाजै बावहि रूप करहि सीगारु।।
उचै कूकहि वादा गावहि जोधा का वीचारु।
मूरख पंडित हिकमति हुजति संजै करहि पिआरु।।
धरमी धरमु करहि गावावहि मंगहि मोख दुआरु।
जती सदावहि जुगति न जानहि छड़ि बहहि घर बारु।।
सभु को पूरा आपे होवै घाटे न कोई आखै।
पति परवाणा पिछे पाइऐ ता नानक तौलिआ जापै।।

(आसा दी वार)

तरह अस्थिर हैं।[1] तुम्हें अभिमान किस बात का है। पृथ्वी का राज तो बालू की दीवार की तरह है।"[2]

दूसरी ओर वे लोग थे जो जीवन और लालसाओं के मोह में इस कदर डूबे हुए थे कि उसे बचाये रखने और उसे पाते रहने की लालसा में सभी प्रकार का अपमान सह रहे थे और अपने स्वाभिमान को पूरी तरह भुला बैठे थे। ऐसे समाज को यदि उसके स्वत्व का साक्षात्कार कराना था, यदि उसमें आत्म-विश्वास और स्वाभिमान पैदा करना था, तो उसके घटकों को सांसारिकता के छोटे-छोटे मोहों से मुक्त करना बहुत आवश्यक था। उसे यह समझाया जाना ज़रूरी था कि हाड़-मांस के जिस तन को बचाए रखने का मूल्य वह सभी प्रकार की दीनता और अपमान के रूप में चुका रहा है, वह तो मिथ्या है। वास्तविक सच तो अंदर बसने वाली आत्मा (राम) ही है, उसी को पहचानना चाहिए।[3]

सिख-गुरुओं ने कभी भी संसार त्यागकर वनवासी बनने का उपदेश नहीं दिया। वे संसार में रहकर, सांसारिक दायित्वों और कर्तव्यों का पालन करते हुए जीवन व्यतीत करने का आग्रह करते रहे हैं। जब वे कहते हैं कि संसार झूठा है, तो उनका संकेत उस सांसारिकता या माया की ओर होता है, जिसमें लिप्त होकर व्यक्ति अपने व्यापक दायित्वों को भूल जाता है। गुरु तेग बहादुर के पितामह गुरु अर्जुन ने कहा था—"तुम सदैव उद्यम करते हुए जिओ, कमाते हुए सुख प्राप्त करो, ध्यान करते हुए प्रभु से मिलो, तुम्हारी सारी

---

1. राम गइओ रावनु गइयो जाकउ बहु परवार।
   कहु नानक थिरु कछु नहीं सुपने जिउ संसार।।
2. काहे पर करत मानु।
   बारु की भीति जैसे वसुधा को राजु है।।
3. साधो इहु तनु मिथ्या मानउ।
   या भीतर जो राम बसत है, साचउ ताहि पछानउ।।

चिंता दूर हो जाएगी।"[1] इसमें व्यक्ति का उद्यम करना, धन अर्जित करना, ईश्वर की बृहत्तर सत्ता से अपने आपको जोड़ना सब कुछ एक साथ है।

गुरु तेग बहादुर व्यक्ति को उस मानसिक स्तर पर लाना चाहते थे, जहां से वह सभी प्रकार का बलिदान कर सके, अपने प्राणों को अत्याचारी के सिर पर कच्चे ठीकरे की तरह फोड़ सके, हंसते-हंसते मृत्यु का वरण कर सके, अपने उद्देश्य की प्राप्ति के लिए सिर को हथेली पर रखकर चल सके। यह स्थिति उस समय आती है, जब वह दुख में दुख नहीं मानता, उसमें सुख और स्नेह की कामना नहीं रहती, वह भय मुक्त हो जाता है, सोने को मिट्टी की तरह निर्मूल्य मान लेता है। वह निंदा और स्तुति, लोभ, मोह और अभिमान से ऊपर उठ जाता है। न उसे हर्ष छूता है और न शोक, न उसे वैयक्तिक मान की चिंता रहती है, न अपमान की। आशा का मनशः त्याग कर वह सांसारिकता की सभी आशाओं से मुक्त हो जाता है। काम-क्रोध उसे छूते भी नहीं। उसके हृदय में तो माया के स्थान पर ब्रह्म निवास करने लगता है।[2]

इसीलिए ऐसा साधक मृत्यु की रत्ती भर चिंता नहीं करता, क्योंकि वह जानता है कि चिंता उस बात की करनी चाहिए जो

---

1. उद्दम करेंदिआं जीउ तू कमावदिंआ सुख भुंच।
धिआदिंआ तू प्रभ मिलि नानक उतरी चिंत।।
2. जो नर दुख में दुख नहिं माने।
सुख सनेहु अरुभै नहीं जाकै कंचन माटी मानै।।
नह निंदिआ नह उससति जाकै, लोभ मोह अभिमाना।
हरष सांग ते रहे निआरउ नाहिं मान अपमाना।
आसा मनसा सगल तिआगी, जग ते रहे निरासा।
काम क्रोध जिह परसै नाहनि, तिह घट ब्रह्म निवासा।।
गुरु किरपा जिह नर कउ कीनी, तिह इह जुगति पछानी।
नानक लीन भइओ गोबिंद सिउ, जिउ पानी संगि पानी।।

अनहोनी हो। जो जीवन से चिपटे रहते हैं, मृत्यु तो उन्हें भी नहीं छोड़ती।[1] वे व्यक्ति को बार-बार सावधान करते हैं कि वह जीवन की सच्चाई की ओर जीवन के महत् आदर्शों की ओर उन्मुख हो। अन्यथा जैसे फूटे घड़े से पानी निकलता रहता है, उसका जीवन भी निरर्थक कामों में फंस कर क्षण-क्षण घटता चला जा रहा है।[2]

गुरु तेग बहादुर बार-बार ईश्वरीय शक्ति पर, जो व्यक्ति के अपने अंदर की ही शक्ति है; भरोसा रखने, उसे उत्पन्न करने का आग्रह करते हैं। जीवन में एक स्थिति ऐसी आती है, जब व्यक्ति यह अनुभव करता है कि उसका बल छूट गया है, उस पर अनेक बंधन पड़ गए हैं और उसके सम्मुख कोई उपाय नहीं रह गया है। अपने एक दोहे में वे इसी तरह की एक मन:स्थिति को उभारते हैं—

बलु छुटकिउ बंधन परे कछु न होत उपाइ।
कहु नानक अब ओट हरि गजि जिउ होहु सहाइ।।

फिर वे इस मन:स्थिति का समाधान करते हुए कहते हैं—

बल होआ बंधन छुटे सम किछु होत उपाइ।
नानक सब किछु तुमरै हाथ मै तुम ही होत सहाइ।

एक स्थिति ऐसी आती है जब सभी संगी-साथी व्यक्ति को बेसहारा छोड़कर भाग जाते हैं—

---

1. चिंता ताकी कीजिए जो अनहोनी होइ।
   इह मारगु संसार को नानक थिरु नहिं कोई।।
2. चेतना है तउ चेति लै निस दिन में प्रानी।
   छिन छिन अउध बिहात है फूटे घट जिउ पानी।।

संग सखा सभ तजि गए कोऊ न निबहिओ साथ।
कहु नानक इह बिपत मै टेक एक रघुनाथ।।

ऐसी स्थिति में वे साधक को आश्वासन देते हुए स्वयं ही कहते हैं—

नामु रहिओ साधू रहिओ रहिओ गुरु गोबिंद।
कहु नानक इह जगत में किन जपिओ गुरमंत।।

अतः निर्भय पद प्राप्त करने का एक मात्र उपाय है कि व्यक्ति अपने मन में 'माया' की जगह 'नाम' को स्थान दे, क्योंकि उसके समान कुछ भी नहीं है—

राम नाम उरि मै गहिओ जा कै सम नहीं कोई।
जिह सिमरत संकट मिटै दरसु तुहारो होइ।।

निर्भय पद को प्राप्त ऐसा साधक साधना और बलिदान के मार्ग पर निश्शंक होकर चल पड़ता है। न वह किसी को भयभीत करता है और न ही किसी से भयभीत होना जानता है—

भै काहु कउ देत नहि, नहिं भै मानत आनि।
कहु नानक सुनरे मना ज्ञानी ताहि बखानि।।

इस प्रकार हम देखते हैं कि गुरु तेग बहादुर के जीवन आदर्श की महान परम्पराओं ने समाज को नई दिशा दी, जिसमें सामाजिकता और ईश्वरीय सत्ता का समान्तर आवाहन किया गया।

काव्य-संकलन

राग गउड़ी महला

साधो मन का मानु तिआगउ।
कामु क्रोधु संगति दुरजन की ता तै अहिनिसि भागउ।
सुखु दुखु दोनों सम करि जानै अउरु मानु अपमाना।
हरष सोग ते रहै अतीता तिनि जगि ततु पछाना।
उसतति निंदा दोऊ तिआनै खोजै पद निरबाना।
जन नानक इहु खेलु कठनु है किनहूं गुरमुखि जाना।।

●

हे साधुजनो, अपने मन का अंहकार त्याग दो। काम-क्रोध और बुरे लोगों की संगति से रात-दिन अलग रहो। जो व्यक्ति सुख और दुख को एक समान समझता है, मान-अपमान की भावना से ऊपर उठ जाता है, हर्ष और शोक से भी मुक्त हो जाता है, वही व्यक्ति इस संसार के सही तत्त्व को समझ लेता है। ऐसा व्यक्ति स्तुति और निंदा दोनों का त्याग कर देता है और निर्वाण (मुक्ति) की स्थिति को खोजता है।

नानक जी कहते हैं, यह सब-कुछ करना बड़े कठिन खेल के समान है। किन्हीं गुरुमुख लोगों को ही इस कठिन खेल की युक्ति का पता होता है।

साधो रचना राम बनाई।
इकि बिनसै इक असथिरु मानै अचरजु लखिओ न जाई।
काम क्रोध मोह बसि प्रानी हरि मूरति बिसराई।
झूठा तनु साचा करि मानिओ जिउ सपुना रैनाई।
जो दीसै सो सगल बिनासै जिउ बादर की छाई।
जन नानक जगु जानिओ मिथिआ रहिओ राम सरनाई।।

●

हे साधुजनो, परमेश्वर ने कैसी सृष्टि बनाई है। एक व्यक्ति इस सृष्टि को नाशवान मानता है तो दूसरा इसी में स्थिरता की खोज करता है। इस आश्चर्य को देखा भी नहीं जा सकता। प्राणी काम-क्रोध और मोह के वश में होकर परमेश्वर के स्वरूप को भुला देता है। इस नाशवान शरीर को वह सच मान बैठता है, उसी प्रकार जैसे कोई व्यक्ति रात के सपने को सच मान ले। जो कुछ हमें दीखता है वह उसी प्रकार अस्थिर है, जैसे बादल की छाया होती है।

नानक जी कहते हैं, इस संसार के आकर्षणों को झूठ समझो और परमेश्वर की शरण ग्रहण करो।

प्रानी कउ हरि जसु मनि नही आवै।
अहिनिसि मगनु रहै माइआ मै कहु कैसे गुन गावै।
पूत मीत माइआ ममता सिउ इह विधि आपु बंधावै।
मृग तृसना जिउ झूठो इह जग देखि तासि उठि धावै।
भुगति मुकति का कारनु सुआमी मूढ़ ताहि बिसरावै।
जन नानक कोटन मै कोऊ भजनु राम को पावै।।

●

हरि का यश जीव के मन में क्यों नहीं आता ? यह तो रात-दिन माया में मगन रहता है, फिर भला, यह हरि के गुण किस तरह गायन करे ? इसने अपने आपको पुत्र, मित्र, धन, मोह से इस प्रकार बांध लिया है कि मृग-तृष्णा के समान इस झूठे संसार को देखकर उसकी ओर दौड़ना शुरू कर देता है। यह मूर्ख उस परमेश्वर को भूल बैठा है जो सभी प्रकार के भोगों और मुक्ति का एकमात्र कारण है।

नानक जी कहते हैं कि करोड़ों में किसी एक को परमेश्वर के नाम का भजन करने का सौभाग्य मिलता है।

साधो इहु मनु गहिओ न जाई।
चंचल तृसना संगि बसतु है या ते थिरु न रहाई।
कठन क्रोध घट ही के भीतरि जिह सुधि सभ बिसराई।
रतनु गिआनु सभ को हिरि लीना ता सिउ कछु न बसाई।
जोगी जतन करत सभ हारे गुनी रहे गुन गाई।
जन नानक हरि भए दइआला तउ सभ बिधि बनि आई।।

●

हे साधुजन, यह चंचल मन पकड़ में नहीं आता, सांसारिक पदार्थों की चंचल तृष्णा इसके साथ बसती है, इसलिए यह स्थिर नहीं हो पाता। इसके अंदर भयानक क्रोध का निवास है, जिसके कारण यह अपनी सुधि भूल गया है। इसने इसके ज्ञानरूपी रत्न को ले लिया है, इसका कोई बस नहीं चला। बड़े-बड़े योगी प्रयत्न करके हार गए, गुणीजन गुण गाते रहते हैं।

नानक जी कहते हैं कि जब परमेश्वर भक्त पर दयालु हो जाते हैं तो सभी उपाय बन जाते हैं।

साधो गोबिंद के गुन गाव।
मानस जनमु अमोलकु पाइओ विरथा काहे गवावउ।
पतति पुनीत दीन बंध हरि सरनि ताहि तुम आवउ।
गज को त्रास मिटिओ जिह सिमरत तुम काहे बिसरावउ।
तजि अभिमान मोह माइआ फुनि भजन राम चितु लावउ।
नानक कहत मुकतिपंथ इहु गुरमुखि होइ तुम पावउ।।

●

हे साधुजनो, गोबिंद के गुणों का गायन करो। यह मनुष्य जीवन अमूल्य है, इसे व्यर्थ नष्ट क्यों करते हो। परमेश्वर की शरण में आओ जो पतितों को पवित्र करने वाला है, दीन जनों का बंधु है। जिसका नाम लेते ही हाथी (पुराण कथा) का दुःख मिट गया था उसे तुमने क्यों भुला दिया है। अहंकार, मोह, माया का त्याग कर राम भजन में अपना मन लगाओ।

नानक जी कहते हैं यही मुक्ति का मार्ग है। गुरुमुख होकर ही तुम इसे प्राप्त कर सकते हो।

कोऊ माई भूलिओ मनु समझावै।
बेद पुरान साध मग सुनि करि निमख न हरि गुन गावै।
दुरलभ देह पाइ मानस की बिरथा जनमु सिरावै।
माइआ मोह महा संकट बन ता सिउ रुच उपजावै।
अंतरि बाहरि सदा संगि प्रभु ता सिउ नेह न लावै।
नानक मुकति ताहि तुम मानहु जिह घटि रामु समावै।।

●

हे माई, कोई मेरे भूले हुए मन को समझाए। वेद, पुराण और साधुजनों का मार्ग सुनकर भी यह एक पल के लिए परमेश्वर को याद नहीं करता। इसे मनुष्य की दुर्लभ देह प्राप्त हुई है, किन्तु यह इस जीवन को व्यर्थ गंवा रहा है। माया, मोह तो महान संकटों का वन है। यह मन इन्हीं में अपनी रुचि उत्पन्न कर रहा है। प्रभु तो इसके अंदर-बाहर सदा ही बसते हैं, किन्तु यह उनसे प्रेम नहीं करता।

नानक जी कहते हैं, मुक्त-जन उसी को मानना चाहिए जिसके हृदय में राम का निवास है।

साधो राम सरनि बिसरामा।
बेद पुरान पढ़े को इह गुन सिमरे हरि को नामा।
लोभ मोह माइआ ममता फुनि अउ बिखअन की सेवा।
हरष सोग परसै जिह नाहनि सौ मूरति है देवा।
सुरग नरक अमृतु बिखु ए सब तिउ कंचन अरु पैसा।
उसतति निंदा ऐ सम जा कै लोभु मोहु फुनि तैसा।
दुखु सुखु ए बाधे जिह नाहनि तिह तुम जानउ गिआनी।
नानक मुकति ताह तुम मानउ इह बिधि को जो प्रानी।।

●

हे साधुजन, राम की शरण में ही विश्राम मिलता है। वेद-पुराण पढ़ने से भी हरिनाम के स्मरण का ही गुण प्राप्त होता है। लोभ, मोह, माया तथा अन्य विषयों की सेवा छोड़कर हर्ष और शोक से अछूता रहकर जो जीवन जीता है वही परमात्मा का रूप बन जाता है। उसके लिए स्वर्ग और नरक, अमृत और विष, सोना और पैसा, स्तुति और निंदा, लोभ और मोह सभी एक समान हैं। ऐसे ज्ञानीजनों को सुख-दुःख का बोध पीड़ित नहीं करता।

नानक जी कहते हैं कि इस प्रकार का जो जीव है, उसे तुम जीवन-मुक्त मान लो।

मन रे कहा भइयो तै बउरा।
अहिनिसि अउध घटै नहीं जानै भइयो लोभ संगि हउरा।
जो तनु तै अपनो करि मानिओ अरु सुन्दर गृह नारी।
इन मै कछु तेरो रे नाहनि देखो सोच बिचारी।
रतन जनमु अपनो तै हारिओ गोबिंद गति नही जानी।
निमख न लीन भइयो चरनन सिउ बिरथा अउध सिरानी।
कहु नानक सोई नरु सुखीआ राम नाम गुन गावै।
अउर सगल जगु माइआ मोहिआ निरभै पदु नही पावै।।

●

हे मन, तू पागल क्यों हो रहा है। तू यह नहीं जानता कि रात-दिन तेरे जीवन की अवधि घट रही है और तू लोभ में पड़कर अपने आप को तुच्छ बनाता जा रहा है। जिस शरीर और घर की सुंदर नारी को तू अपना मान रहा है, तू विचार करके देख कि इसमें तेरा कुछ भी नहीं है। तूने रत्न के समान अपना अमूल्य जीवन हार दिया है, क्योंकि तूने परमेश्वर की गति को पहचाना ही नहीं। तूने परमात्मा के चरणों से पल भर के लिए भी अपने आप को लीन नहीं किया और इस प्रकार अपनी आयु को व्यर्थ नष्ट कर दिया।

नानक जी कहते हैं, वही नर सुखी है जो राम नाम का गुण गाता है। शेष संसार तो माया के मोह में फंसा हुआ है, उससे निर्भय पद प्राप्त नहीं हो सकता।

नर अचेत पाप ते डरु रे।
दीन दइआल सगल भै भंजन सरनि ताहि तुम परु रे।
बेद पुरान जास गुनगावत ता को नाम हीए मो धरु रे।
पावन नामु जगति मै हरि को सिमरि सिमरि कसमल सभु हरु रे।
मानस देह बहुरि नहि पावै कछू उपाउ मुकति का करु रे।
नानक कहत गाइ करुनामै भव सागर के पारि उतरु रे।।

●

हे अचेत नर, तू पाप से डर। दीनों पर दया करने वाले, सभी प्रकार के भय को नष्ट करने वाले परमेश्वर की शरण मे आ। वेद पुराण जिसका यश गाते हैं, उसका नाम अपने हृदय में बसा। संसार में हरि का नाम पवित्र है। उसका स्मरण करके सभी पापों को धो डालो। हे प्राणी ! मानव देह बार-बार नहीं प्राप्त होती, इसलिए अपनी मुक्ति का कुछ उपाय करो।

नानक जी कहते हैं, उस करुणामय परमेश्वर के नाम का स्मरण करो। इस प्रकार तुम संसार सागर से पार उतर जाओगे।

रागु आसा महला

बिरथा कहउ कउन सिउ मन की।
लोभि ग्रसिओ दसहू दिस धावत आसा लागिओ धन की।
सुख कै हेति बहुतु दुखु पावत सेव करत जन-जन की।
दुआरहि दुआरि सुआन जिउ डोलत नह सुध राम भजन की।
मानस जनम अकारथ खोवत लाज न लोक हसन की।
नानक हरि जसु किउ नही गावत कुमति बिनासै तन की।।

●

मैं अपने मन की व्यथा का वर्णन किससे करूं। धन के लोभ में फंसा हुआ मेरा मन दसों दिशाओं में दौड़ता-फिरता है। सुख प्राप्त करने के लिए वह जिस-तिस की सेवा करता रहता है और इस कारण बहुत दुःख पाता है। वह राम-भजन की सुधि भुलाकर द्वार-द्वार पर कुत्ते की तरह डोलता फिरता है। लोग उस पर हंसते हैं, पर उसे लज्जा नहीं आती। वह अपना मानव जन्म व्यर्थ ही गंवाता रहता है।

नानक जी कहते हैं कि हे प्राणी ! तू अपनी कुबुद्धि नष्ट करने के लिए हरि यश का गायन क्यों नहीं करता !

रागु देवगंधारी महला

यह मनु नैक न कहिओ करै।
सीख सिखाई रहिओ अपनी सी दुरमति ते न टरै।
मदि माइआ के भइयो बावरो हरि जसु नहि उचरै।
करि परपंचु जगत कउ डहकै अपनो उदरु भरै।
सुआन पूछ जिउ होइ न सूधो कहिओ न कान धरै।
कहु नानक भजु रामनाम नित जाते काजु सरै।।

●

यह (चंचल) मन मेरा कहना बिलकुल नहीं मानता। मैं इसे बहुत शिक्षा दे चुका हूं, परंतु यह अपनी खोटी मति से ज़रा भी दूर नहीं होता। यह मन तो माया के नशे में पागल हो गया है और हरि यश का गायन नहीं करता। सदा प्रपंच करके संसार को ठगता है और अपना पेट भरता रहता है। इसे कितना भी समझाया जाए, यह उसकी ओर ध्यान नहीं देता; कुत्ते की पूंछ की तरह कभी सीधा नहीं होता।

नानक जी कहते हैं, हे मन, नित्य राम-नाम का भजन करो, इससे तुम्हारे सभी काम सफल हो जाएंगे।

सभि किछु जीवत को बिवहार।
मात पिता भाई सुत बंधप अरु फुनि गृह की नारि।
तन तै प्रान होत जब निआरे टेरत प्रेति पुकारि।
आध घरी कोऊ नहि राखै घरि ते द्रेत निकारि।
मृग तृसना जिउ जग रचना यह देखहु रिदै विचारि।
कहु नानक भजु रामनाम नित जा ते होत उधार।।

●

माता, पिता, भाई, पुत्र, बंधु और घर की स्त्री—इन सभी के व्यवहार उसी समय तक हैं; जब तक मनुष्य जीवित है। जब व्यक्ति के शरीर से प्राण निकल जाते हैं तो लोग उसे प्रेत कह कर पुकारने लगते हैं। फिर उसे कोई आधी घड़ी भी घर में नहीं रखना चाहता। उसे घर से निकाल देते हैं। अपने हृदय में विचार करके देखो कि यह संसार मृग-तृष्णा के समान है।

नानक जी कहते हैं नित्य राम-नाम का भजन करो। इसी से उद्धार होता है।

जगत में झूठी देखी प्रीति।
अपने ही सुख सिउ सम लागै किआ दारा किआ मीत।
मेरउ मेरउ सभै कहत हैं हित सिउ बाधिओ चीत।
अंति कालि संगी नह कोऊ इह अचरज है रीति।
मन मूरख अजहू नह समझत सिख दै हारिओ नीत।
नानक भउजलु पारि परै जउ गावै प्रभ के गीत।।

●

हे भाई, संसार में जो भी प्रीति देखी, वह झूठी देखी। चाहे पत्नी हो या मित्र—सभी अपने ही सुख के कारण साथ जुड़े हुए हैं। अपने मन को स्वार्थों से बांध कर सभी मेरा-मेरा कहते हैं। यह कितने आश्चर्य की बात है कि अंत काल में कोई भी संगी नहीं बनता। मेरा मूर्ख मन इस बात को अभी भी नहीं समझता। मैं इसे नित्य शिक्षा दे-देकर हार गया हूं।

नानक जी कहते हैं, जो प्रभु के गीत गाता है, वही संसार से पार हो जाता है।

रागु बिहागड़ा महला

हरि की गति नहि कोऊ जानै।
जोगी जती तपी पचि हारे अरु बहु लोग सिआने।
छिन महि राउ रंक कउ करई राउ रंक कर डारे।
रीते भरे, भरे सखनावै यह ता को बिवहारे।
अपनी माइआ आपि पसारी आपहि देखनहारा।
नाना रूप धरे बहु रंगी सभ तै रहे निआरा।
अगनत अपारु अलख निरंजन जिह सभ जगु भरमाइओ।
सगल भरम तजि नानक प्राणी चरनि ताहि चितु लाइओ।।

●

हरि की गति को कोई नहीं जानता। इस गति को समझने में योगी, यति, तपस्वी और बहुत सयाने लोग—सभी हार गए हैं। परमेश्वर क्षण भर में राजा को भिखारी और भिखारी को राजा बना सकता है। उसका व्यवहार तो यह है कि वह खाली को भर देता है और भरे को खाली कर देता है। ईश्वर अपनी माया को स्वयं ही फैलाता है और स्वयं ही उसे देखता है। बहुरंगी परमेश्वर के अनेक रूप हैं, वह सबसे अलग है। उसकी कोई गणना नहीं। वह अपार है, उसे देखा नहीं जा सकता। वह माया से रहित है। उसी प्रभु ने सारे संसार को वशीभूत किया हुआ है।

नानक जी कहते हैं, हे प्राणी, सभी प्रकार के भ्रम छोड़कर प्रभु के चरणों में अपना चित लगा।

सोरठि महला

रे मन राम सिउ करि प्रीति।
स्रवन गोबिंद गुनु सुनउ अरु गाउ रसना गीति।
करि साध संगति सिमरु माधो होहि पतित पुनीत।
कालु बिआलु जिउ परिओ डोलै मुख पसारे मीत।
आजु कालि फुनि तोहि ग्रसि है समझि राखउ चीति।
कहै नानकु रामु भजि लै जात अउसरु बीति।।

●

हे मेरे मन, तुम राम से प्रीति लगाओ। अपने कानों से गोबिंद के गुण सुनो, और जीभ से उसी के गीत गाओ। साधुजनों की संगति में माधव का सुमिरन करो, इससे पतित भी पुनीत हो जाते हैं। हे मित्र, कालरूपी सांप तुम्हारे सामने मुंह-बाए डोल रहा है। आज-कल में वह तुम्हें डस लेगा, यह बात अपने मन में भली प्रकार समझ लो।

नानक जी कहते हैं कि अवसर बीता जा रहा है, राम भजन में अपना मन लगाओ।

मन की मन ही माहि रही।
ना हरि भजे न तीरथि सेवे चोटी कालि गही।
दारा मीत पूत रथ संपति धन पूरन सभ मही।
अवर सगल मिथिआ ए जानउ भजनु राम को सही।
फिरत फिरत बहुते जुग हारिओ मानस देह लही।
नानक कहत मिलन की बरीआ सिमरत कहा नही।।

●

जीव के मन की इच्छा मन ही में रह गई। उसने न हरि का नाम लिया, न तीर्थों की यात्रा की। अचानक ही मृत्यु ने आकर उसकी चोटी पकड़ ली। पत्नी, मित्र, पुत्र, रथ, सम्पत्ति और धन से पृथ्वी भरी पड़ी है। हे जीव, ये सभी चीजें मिथ्या हैं। केवल राम का भजन ही सही कर्म है। युगों-युगों तक अनेक योनियों में भटक कर जीव को मानव देह प्राप्त होती है।

नानक जी कहते हैं कि यही समय'प्रभु से मिलने का है, तू उसे स्मरण क्यों नहीं करता।

मन रे कउनु कुमति तै लीनी।
परदारा निंदिआ रस रचिओ राम भगति नहीं कीनीं।
मुकति पंथ जानियो तै नाहनि धन जोरन कउ धाइआ।
अंति संग काहू नहीं दीना बिरथा आपु बंधाइआ।
ना हरि भजिओ न गुर जनु सेविओ नह उपजिओ कछु गिआना।
घटि ही माहि निरंजनु तेरै तै खोजत उदिआना।
बहुतु जनम भरमत तै हारिओ असथिर मति नहीं पाई।
मानस देह पाइ पद हरि भजु नानक बात बताई।।

●

हे मेरे मन, तुमने कौन-सी खोटी मति अपना ली है। तू दूसरे की स्त्री और निंदा के रस में डूबा रहता है। राम की भक्ति तो करता ही नहीं। तुमने मुक्ति का रास्ता तो जाना नहीं। उसके स्थान पर सदा धन जोड़ने में लगा रहता है। अंत में कोई साथ नहीं देता। तूने व्यर्थ में ही अपने आपको (माया में) बांध रखा है। न तुमने हरि का भजन किया, न गुरुजनों की सेवा की और न तुममें कुछ ज्ञान ही उत्पन्न हुआ। तेरे शरीर के अंदर ही परमेश्वर का वास है, तू उसे जंगलों में ढूंढ़ता फिरता है। तुझे भटकते-भटकते अनेक जन्म बीत गए, परन्तु तुम्हें स्थिर बुद्धि प्राप्त नहीं हुई।

नानक जी कहते हैं कि तेरी भलाई इसी में है कि तुझे यह जो मानव देह प्राप्त हुई है, इसमें हरि का स्मरण कर ले।

मन रे प्रभ की सरनि बिचारो।
जिह सिमरत गनका सी उधरी ता को जसु उरधारो।
अटल भइओ ध्रूअ जा कै सिमरनि अरु निरभै पदु पाइआ।
दुख हरता इह बिधि को सुआमी तै काहे बिसराइआ।
जब ही सरनि गही किरपा निधि गज गराह ते छूटा।
महमा नाम कहां लउ बरनउ राम कहत बंधन तिह तूटा।
अजामलु पापी जग जाने निमख माहि निसतारा।
नानक कहत चेत चिंतामनि तै भी उतरहि पारा।।

●

हे मेरे मन, प्रभु की शरण का ध्यान धर। जिसे स्मरण करके वेश्या का उद्धार हो गया था, उसी प्रभु के यश को हृदय में ग्रहण कर। ध्रुव भक्त उसी का स्मरण कर के अटल हो गया और उसने निर्भय पद प्राप्त कर लिया। जो प्रभु स्वामी इस प्रकार दुःखों को नष्ट करने वाला है उसे तुमने क्यों भुला दिया है। जब संकट में फंसे हुए हाथी ने कृपानिधि की शरण ग्रहण की थी, तो वह मगरमच्छ की पकड़ से छूट गया था। मैं नाम की महिमा का कहां तक वर्णन करूं, राम का नाम लेते ही उसका (हाथी का) बंधन टूट गया था। अजामिल नाम के पापी को सारा संसार जानता था, उसका भी क्षण मात्र में उद्धार हो गया था।

नानक जी कहते हैं कि तू भी चिंतामणि प्रभु का ध्यान कर, तेरा भी उद्धार हो जाएगा।

प्रानी कउनु उपाठ करै।
जा तै भगति राम की पावै जम को त्रासु हरै।
कउनु करम विधा कहु कैसी धरनु कउनु फुनि करई।
कउनु नाम गुर जा कै सिमरै भव सागर कउ तरई।
कल मैं एकु नामु कृपा निधि जाहि जपै गति पावै।
अउर धरम तो कै समि नाहनि इह बिधि वेदु बतावै।
सुख दुख रहत सदा निरलेपी जा कर कहत गुसाई।
सो तुम ही महि बसै निरंतर नानक दरपनि निआई।।

●

प्राणी ऐसे कौन से उपाय करे, जिससे उसे परमेश्वर की भक्ति प्राप्त हो और यम का त्रास दूर हो जाए। जीव कैसे कर्म करे? उसकी विद्या कैसी हो ? कैसा उसका धर्म हो ? ऐसा कौन सा बड़ा नाम है, जिसका वह सुमिरन करे और भव सागर से पार हो जाए। कलयुग में कृपानिधि परमेश्वर का नाम ही एकमात्र ऐसा है जिसके जपने से प्राणी को सद्गति प्राप्त हो जाती है। अन्य कोई धर्म उसके बराबर नहीं है, यह बात वेद भी बताते हैं। जो सुख-दुख से सदा निर्लिप्त है, वही गोसाईं या परमेश्वर है।

नानक जी कहते हैं—वह तुम्हारे अंदर उसी प्रकार सदा निवास करता है, जैसे दर्पण में प्रतिबिंब रहता है।

भाई मैं किह बिधि लखउ गुसाईं।
मंहा मोह अज्ञानि तिमिर मो मनु रहिओ उरझाई।
सगल जनम भरम ही भरम खोइओ नह असथिरु मति पाई।
बिखिआ सकत रहिओ निस बासुर नह छूटी अधमाई।
साध संगु कबहू नहीं कीना नह कीरति प्रभु गाई।
जन नानक मैं नाहि कोऊ गुनु राखि लेहु सरनाई।।

●

हे भाई, मैं किस प्रकार प्रभु के दर्शन करूं। मेरा मन तो माया मोह और अज्ञान के अंधेरे में उलझा हुआ है। मैंने अपने सभी जन्म भ्रम में ही गंवा दिये हैं, मुझे स्थिर मति कभी नहीं मिली। मैं रात-दिन विषय-वासनाओं में डूबा रहा हूं और नीचता मुझसे कभी छूटी नहीं। मैंने साधुजनों की कभी संगति नहीं की, प्रभु की कीर्ति का कभी गायन नहीं किया।

नानक जी कहते हैं कि हे प्रभु ! मुझमें गुण तो कोई भी नहीं है, फिर भी मुझे अपनी शरण में ले लो।

भाई मनु मेरो बसि नाहि।
निस बासुर बिखिअन कउ धावत किहि विधि रोकउ ताहि।
बेद पुरान सिमृति के मत सुनि निमख न हीए बसावै।
पर धन पर दारा सिउ रचिओ बिरथा जनमु सिरावै।
मदि माइआ के भइयौ बावरो सूझत नह कछु गिआना।
घट ही भीतर बसत निरंजनु ता को मरमु न जाना।
जब ही सरनि साध की आइओ दुरमति सगल बिनासी।
तब नानक चेतिओ चिंतामनि काटी जम की फासी।।

●

हे भाई मेरा मन मेरे वश में नहीं है। यह रात-दिन। विषय-वासनाओं की ओर ही दौड़ता रहता है, इसे मैं किस प्रकार रोकूं। वेद, पुरान और स्मृतियों से जो इसे अच्छी मति प्राप्त होती है, उसे यह मन कुछ पल भी अपने हृदय में नहीं बसाता। इसकी रुचि सदैव दूसरे के धन और दूसरे की स्त्री में लगी रहती है। इस प्रकार यह अपना जन्म व्यर्थ गंवा रहा है। माया के नशे में यह बावला हो गया है और ज्ञान की कोई बात नहीं सूझती। माया रहित परमेश्वर का वास इसके हृदय में है। इस भेद को तो यह जानता ही नहीं। परन्तु जब यह मन साधुजनों की शरण में आया, तो इसकी सारी खोटी बुद्धि नष्ट हो गई।

नानक जी कहते हैं कि तब इसने चेतकर चिंतामणि प्रभु का ध्यान किया और इसका यम का बंधन कट गया।

रे नर इह साची जीअ धारि।
सगल जगतु है जैसे सुपना बिनसत लगत न बार।
बारूभीति बनाई रचि पचि रहत नहीं दिन चारि।
तैसे ही इह सुखु माइआ के उरझिओ कहा गवार।
अजहू समझि कछू बिगरिओ नाहिनि भजि लै नाम मुरारि।
कहु नानक निज मतु साधन कउ भाखिओ तोहि पुकारि।।

●

हे नर, इस सच्ची बात को हृदय में ग्रहण कर ले। यह माया-ग्रस्त संसार स्वप्न के समान है। इसके नष्ट होने में कोई समय नहीं लगता। जिस प्रकार बड़े यत्न से रेत की दीवार बनाई गई हो, परन्तु वह तो चार दिन भी नहीं टिकती। उसी प्रकार माया से पैदा हुए ये सुख हैं। मूर्ख तू इनमें कहां से फंस गया है। तू अभी भी समझ जा, क्योंकि अभी कुछ बिगड़ा नहीं है। तू मुरारी का नाम भज ले।

नानक जी कहते हैं, कि साधु जनों का यही मत है, जिसे मैंने पुकार कर तुझे सुना दिया है।

इहि जगि मीतु न देखिओ कोई।
सगल जगतु अपनै सुखि लागिओ दुख में संग न होई।
दारा मीत पूत सनबंधी सगरे धन सिउ लागे।
जब ही निरधन देखिओ नर कउ संगु छाड़ि सम भागे।
कहंउ कहा यिआ मन बउरे कउ इन सिउ नेहु लगाइओ।
दीना नाथ सकल भै भंजन जसु ता कौ बिसराइओ।
सुआन पूछ जिउ भइओ न सुधउ बहुतु जतनु मैं कीनऊ।
नानक लाज बिरद की राखहु नामु तुहारउ लीनउ।।

●

इस संसार में कोई मित्र नहीं दिखाई देता। सारा संसार अपने सुख में ही लगा हुआ है। दुःख में कोई किसी का साथ नहीं देता। पत्नी, मित्र, पुत्र और सम्बन्धी सभी धन के लोभ के कारण ही तुम्हारे साथ जुड़े हुए हैं। जब व्यक्ति निर्धन हो जाता है तो सभी उसका साथ छोड़ कर भाग जाते हैं। मैं अपने बावले । मन को क्या कहूं जो इनसे नेह लगाए बैठा है। इस कारण उसने दोनों के नाथ, सभी प्रकार के भय का नाश करने वाले प्रभु के यश को भुला दिया है। मैंने इसे समझाने का बहुत यत्न किया, परन्तु यह तो कुत्ते की पूंछ की तरह किसी प्रकार सीधा ही नहीं होता।

नानक जी कहते हैं कि हे प्रभु, मैंने तुम्हारे नाम का सहारा लिया है अब आप कृपा करके अपने यश की लाज रख लीजिए।

मन रे गहिओ न गुरु उपदेसु।
कहा भइओ जउ मूंड मुडाइओ भगवउ कीनो भेसु।
साच छाड़ि के झूठह लागिओ जनमु अकारथु खोइओ।
करि परपंच उदर निज पोखिआ पसु की निआई सोइओ।
राम भजन की गति नहीं जानी माइआ हाथि बिकाना।
उरझि रहिओ बिखिअन संगि बउरा नामु रतनु बिसराना।
रहिओ अचेत न चेतिओ गोबिंद बिरथा अउध सिरानी।
कहु नानक हरि बिरदु पछानउ भूलै सदा परानी।।

●

हे मेरे मन, तूने गुरु का उपदेश क्यों ग्रहण नहीं किया। तूने सिर मुंडवाकर भगवा वेश धारण कर लिया है, परन्तु इससे होगा क्या ? तूने सच को छोड़ दिया है, झूठ के पीछे लग गया है और इस प्रकार तूने जन्म को व्यर्थ ही गंवा दिया है। अनेक प्रपंच करके तू अपना पेट भरता है। फिर पशु की भांति सो जाता है। राम भजन की महत्ता को तू जानता नहीं। तू तो माया के हाथ बिक गया है। हे मेरे पागल मन, तूने विषय-वासनाओं के संग उलझ कर भगवान के नाम रूपी रत्न को भुला दिया है। तू अचेत है, इसलिए तूने कभी ईश्वर को याद नहीं किया। तेरी आयु व्यर्थ ही चली गई।

नानक जी कहते हैं कि हम संसार के प्राणी तो हमेशा भूल करते रहते हैं, पर हे प्रभु , आप तो अपने यश को पहचान कर हमारा उद्धार करो।

जो नरु दुख में दुखु नहीं माने।
सुख सनेहु अरु भै नहीं जा कै कंचन माटी मानै।
नह निंदियां नह उसतति जाके लोभु मोहु अभिमाना।
हरष सोग तै रहै निआरउ नाहि मान अपमाना।
आसा मनसा सगल तिआगै जग तै रहै निरासा।
कामु क्रोधु जिह परसै नाहनि तिह घट ब्रहमु निवासी।
गुर कृपा जिह नर कउ कीनी तिह इह जुगति पछानी।
नानक लीन भइओ गोबिंद सिउ जिउ पानी संगि पानी।।

●

जो नर दुःख में दुःख नहीं मानता। जिसे सुखों से प्रेम नहीं है, जो किसी का भय नहीं मानता, जो सोने को मिट्टी के बराबर समझता है, जिसे निंदा और स्तुति की चिंता नहीं, जिसे लोभ, मोह और अभिमान नहीं, जो हर्ष और शोक से अलग रहता है, जिसे मान-अपमान की चिंता नहीं, जो सभी प्रकार की आशा-मनसा का त्याग कर देता है और सांसारिक सुखों की ओर से उपराम हो जाता है, जिसे काम और क्रोध छूते नहीं, उसी के हृदय में ब्रह्म का निवास रहता है। जिस व्यक्ति पर गुरु की कृपा हो जाती है, वह इस युक्ति को पहचान लेता है।

नानक जी कहते हैं कि ऐसा व्यक्ति प्रभु में उसी तरह लीन हो जाता है, जैसे पानी के साथ पानी मिल जाता है।

प्रीतम जानि लेहु मन माही।
अपने सुख सिउ ही जगु फांधिओ को काहू को नाही।
सुख मै आनि बहुतु मिलि बैठत रहत चहू दिसि धेरै।
बिपति परी सभ ही संगु छाडित कोउ न आबत नेरै।
घर की नारि बहुतु हितु जा सिउ सदा रहत संग लागी।
जब ही हंस तजी इह काइआ प्रेत प्रेत करि भागी।
इह बिधि को बिउहारु बनिओ है जा सिउ नेहु लगाइओ।
अंत बार नानक बिनु हरि जी कोउ कामि न आइओ।।

●

हे मेरे प्रियजनो ! यह बात अपने मन में भली प्रकार समझ लो। इस संसार में सभी लोग अपने सुख के लिए ही एक-दूसरे से जुड़े हुए हैं, कोई किसी का नहीं है। जब व्यक्ति सुखी होता है तो उसके पास आकर बहुत लोग बैठते हैं, वे उसे चारों ओर से घेरे रहते हैं। परन्तु जब व्यक्ति पर विपत्ति आती है तो सभी उसका साथ छोड़ देते हैं। फिर कोई निकट नहीं आता। अपनी पत्नी से बहुत प्रेम होता है, वह हमेशा साथ रहती है। परन्तु जब प्राण इस शरीर को छोड़ जाते हैं, तो वह भी मृत शरीर को प्रेत मानकर उससे दूर चली जाती है। संसार में इसी प्रकार का व्यवहार बना हुआ है। इसी संसार से तूने अपना प्रेम जोड़ रखा है।

नानक जी कहते हैं कि अंत समय में हरि जी के अतिरिक्त और कोई काम नहीं आता।

घनासरी महला

काहे रे बन खोजन जाई।
सरब निवासी सदा अलेपा तोही संगि समाई।
पुहप मधि जिउ बासु बसतु है मुकर माहि जैसे छाई।
तैसे ही हरि बसै निरंतरि घट ही खोजहु भाई।
बाहरि भीतरि एको जानहु इहु गुर गिआनु बताई।
जन नानक बिनु आपा चीनै मिटै न भ्रम की काई।।

●

हे भाई, परमेश्वर को जंगल में ढूंढ़ने क्यों जाते हो ? सभी स्थानों पर विद्यमान और सबसे अलिप्त रहने वाला परमेश्वर तो तुम्हारे ही अंदर समाया हुआ है। जैसे पुष्प के अंदर गंध का वास है, जैसे दर्पण में परछाईं बसती है, इसी प्रकार ईश्वर तुम्हारे अंदर निरन्तर रहता है। हे भाई, उसे अपने अंदर खोजो। गुरु की शिक्षा यह है कि ब्रह्म का निवास बाहर-भीतर एक समान है।

नानक जी कहते हैं कि अपने आपको पहचाने बिना भ्रम की काई मिटती ही नहीं।

साधो इहु जगु भरम भुलाना।
रामनामा का सिमरनु छोडिआ माइआ हाथि बिकाना।
मात पिता भाई सुत बनिता ता कै रसि लपटाना।
जोबनु धनु प्रभुता कै मद मै अहिनिसि रहै दिवाना।
दीन दइयाल सदा दुख भंजन ता सिउ मनु न लगाना।
जन नानक कोटन मै किनहू गुरमुखि होइ पछाना।।

●

हे साधु जनो, यह संसार भ्रम में भूला हुआ है। उसने राम-नाम के सुमिरन का मूल तत्त्व छोड़ दिया है और माया । के हाथों बिक गया है। यह अपने सांसारिक सम्बन्धों, माता-पिता, भाई, पुत्र, पत्नी के प्रेम में ही डूबा हुआ है। अपने यौवन धन और प्रभुता के नशे में रात-दिन दीवाना रहता है। उस परमेश्वर से, जो दीन दयाल है, सदा दुःखों का नाश करने वाला है, अपना मन नहीं लगाता।

नानक जी कहते हैं कि करोड़ों लोगों में कोई गुरुमुख ही ऐसा होता है, जो इस सत्य को पहचान पाता है।

तिह जोगी कउ जुगति न जानउ।
लोभ मोह माइआ ममता फुनि जिह घटि माहि पछानउ।
पर निंदा उसतनि नह जाकै कंचन लौह समानो।
हरष सोग ते रहै अतीता जोगी ताहि बखानो।
चंचल मनु दह दिसि कउ धावत अचल जाहि ठहरानो।
कहु नानक इह विधि को जो नरु मुकति ताहि तुम मानौ।।

●

ये दिखावे के योगी, परमेश्वर प्राप्ति की युक्ति नहीं जानते। ये लोग तो अपने अंदर लोभ, मोह, माया, ममता को ही पहचानते हैं। वास्तविक योगी तो वह है जो परनिंदा में लिप्त नहीं है। और अपनी स्तुति की चिंता नहीं करती। सोने को लोहे जैसा मानता है, और हर्ष और शोक से परे रहता है। मनुष्य मन तो बड़ा चंचल है। यह दसों दिशाओं की ओर दौड़ता है। वास्तविक योगी इसे अचल बनाकर ठहराव प्रदान कर देता है।

नानक जी कहते हैं कि जो नर इस प्रकार से जीता है, वह जीवन-मुक्त हो जाता है।

अब मैं कउनु उपाय करउ।
जिह विधि मन को संसा चूकै भउ निधि पारि परउ।
जनमु पाइ कछु भलो न कीनो ता ते अधक डरउ।
मन बच क्रम हरि गुन नही गाए यह जीउ सोच धरउ।
गुरमति सुनि कछु गिआनु न उपजिओ पसु जिउ उदरु भरउ।
कहु नानक प्रभ बिरदु पछानउ तब हउ पतत तरउ।।

●

अब मैं कौन सा उपाय करूं, जिससे मेरे मन की सभी शंकाएं दूर हो जाएं और मैं संसार रूपी सागर पार कर जाऊं। मैंने मानव-जन्म पाकर भी कोई भला काम नहीं किया। यही सोच-सोच कर डरता हूं। मैंने मन, वचन और कर्म से कभी हरि गुण का गायन नहीं किया, यह सोच मेरे हृदय में बराबर बनी रहती है। गुरु की शिक्षा सुनकर भी मेरे अंदर ज्ञान नहीं उत्पन्न हुआ है, मैं सदा पशुओं की भांति अपना पेट भरता रहा।

नानक जी कहते हैं कि हे प्रभु , मेरे जैसे पतित का उद्धार तभी होगा जब तुम अपना यश पहचानकर उसके अनुरूप कार्य करोगे।

जैतसरी महला

भूलिओ मनु माइ्या उरझाइओ।
जो जो करम कीओ लालच लगि तिह तिह आपु बंधाइओ।
समझ न परी बिखै रस रचिओ जसु हरि को बिसराइओ।
संगि सुआमी सो जानिओ नाहिन बनु खोजन कउ धाइओ।
रतनु रामु घट ही के भीतर ता को गिआनु न पाइओ।
जन नानक भगवंत भजन बिनु बिरथा जनमु गवाइओ।।

●

हे प्रभु, मेरा मन तुम्हें भूल कर माया के प्रपंचों में ही उलझा हुआ है। लालच में आकर मैंने जीवन में जो भी कर्म किए, उनके कारण मैं स्वयं बंधनों में बंध गया। मुझे कुछ समझ में नहीं आया। मैं विषय-वासनाओं में डूबा रहा और हरि यश को भुला ही दिया। मैंने यह जाना ही नहीं कि मेरा स्वामी मेरे साथ है। तुम्हें खोजने के लिए मैं जंगल की ओर दौड़ा। राम नाम का रत्न मेरे अंदर है, यह ज्ञान मुझे नहीं मिला।

नानक जी कहते हैं कि मनुष्य भगवान के भजन के बिना अपना जन्म व्यर्थ ही गंवा देता है।

हरि जू राखि लेहु पति मेरी।
जम को त्रास भइओ उर अंतरि, सरनि गही कृपा निधि तेरी।
महा पतित मुगध लोभी फुनि करत पाप अब हारा।
भै मरबे को बिसरत नाहन तिह चिंता तनु जारा।
कीए उपाव मुकति के कारनि दहदिस कउ उठि धाइआ।
घटि ही भीतर बसै निरंजनु ता कौ मरमु न पाइआ।
नाहिन गुनु नाहिन कछु जपु तपु कउनु करमु अब कीजै।
नानक हरि परिओ सरनागति अभै दान प्रभ दीजै।।

●

हे हरि जी, तुम मेरी लाज रख लो। मेरे मन में मृत्यु का भय समा गया है, इसलिए मैंने तुम्हारी शरण ग्रहण की है। मैं महा पतित, मूर्ख और लोभी हूं। मैं पाप करते-करते अब हार गया हूं। मृत्यु का भय मैं भूलता नहीं। इस चिंता में मेरा शरीर जल गया है। मैंने अपनी मुक्ति के अनेक उपाय किये। इसके लिए मैं दसों दिशाओं में दौड़ा। परमेश्वर मेरे हृदय के अंदर ही निवास करता है, इस मर्म को मैंने कभी नहीं समझा। मेरे अंदर कोई गुण नहीं, न ही मैंने जप-तप किया है। अब मैं कौन से कर्म करूं जिससे मेरा उद्धार हो।

नानक जी कहते हैं कि हे प्रभु, अब मैं सभी ओर से हार कर तुम्हारी शरण में आ गया हूं, मुझे भयमुक्त होने का दान दीजिए।

मन रे साचा गहो बिचारा।
राम नाम बिनु मिथिआ मानो सगरो इहु संसारा।
जाकउ जोगी खोजत हारे पाइओ नाहि तिह पारा।
सो सुआमी तुम निकटि पछानो रूप रेख ते निआरा।
पावन नाम जगत मै हरि को कबहू नाहि संभारा।
नानक सरनि परिओ जग बंदन राखहु विरदु तुम्हारा।।

●

हे मन, तुम इस सच्चे विचार को ग्रहण कर लो। राम नाम के अतिरिक्त इस संसार को तुम मिथ्या मान लो। जिस परमेश्वर को योगी लोग खोजते-खोजते हार गए हैं, परन्तु उसका पार नहीं पा सकते। वह रूप-रंग से सर्वथा भिन्न स्वामी तुम्हारे निकट है, इसे पहचान लो। परमेश्वर का नाम इस संसार में सबसे पवित्र है, इसे तुमने कभी नहीं संभाला।

नानक जी कहते हैं कि हे प्रभु, मैं तुम्हारी शरण में आ गया हूं। मेरा उद्धार करके तुम अपने यश की रक्षा करो।

टोडो महला

कहउ कहा अपनी अधमाई।
उरझिओ कनक कामनी के रस नह कीरति प्रभ गाई।
जग झूठे कउ साचु जानि कै ता सिउ रुच उपजाई।
दीन बंध सिमरिओ नहीं कबहू होत जु संगि सहाई।
मगन रहिओ माइआ मै निसि दिनि छुटी न मन की काई।
कहि नानक अब नाहि अनत गति बिनु हरि की सरनाई।।

●

हे प्रभु, मैं अपनी नीचता का वर्णन कैसे, कितना करूं। मैं धन और स्त्री के रस में सदा उलझा रहता हूं और कभी प्रभु की कीर्ति का गायन नहीं किया। मैंने इस झूठे संसार को सच मानकर, उसमें अपनी रुचि उत्पन्न कर ली है। जो दीन बंधु परमेश्वर सदा संग रहता होता है, उसका मैंने स्मरण कभी नहीं किया। मैं सदा माया में ही मग्न रहा, इसलिए मेरे मन की काई अभी साफ़ नहीं हुई।

नानक जी कहते हैं कि हरि की शरण में गए बिना अब और कोई मार्ग नहीं है।

तिलंग महला

चेतना है तउ चेत लै निसि दिनि मै प्रानी।
छिनु छिनु अउध बिहातु है फूटे घट जिउ पानी।
हरि गुन काहि न गावही मूरख अज्ञाना।
झूठे लालचि लागि कै नहि मरनु पछाना।
अजहू कछु बिगरिओ नही जो प्रभ गुन गावै।
कहु नानक तिह भजन ते निरभै पदु पावै।।

●

हे प्राणी, यदि तू चेतना चाहता है तो रात-दिन में चेत जा। जैसे फूटे हुए घड़े का पानी लगातार रिसता रहता है, वैसे ही मनुष्य की आयु भी क्षण-क्षण घटती जाती है। हे मूर्ख अज्ञानी, तू हरि के गुणों का गायन क्यों नहीं करता। तूने झूठे लालचों में फंस कर मृत्यु को भुला दिया है। अभी भी कुछ बिगड़ा नहीं है। प्रभु नाम का गायन प्रारम्भ कर दे।

नानक जी कहते हैं कि प्रभु के भजन से व्यक्ति को निर्भय-पद की प्राप्ति हो जाती है।

जाग लेहु रे मना जागि लेहु।
कहा गाफल सोइआ।
जो तन उपजिआ संग ही सो भी संग न होइआ।
मात पिता सुत बंध जन हितु जा सिउ कीना।
जीउ छूटिओ जब देह ते डारि आगनि मै दीना।
जीवत लउ बिउहारु है जग कउ तुम जानउ।
नानक हरि गुन गाइ लै सभ सुफन समानउ।।

●

हे मेरे मन, अब तो जाग जा, क्यों गाफिल होकर सो रहा है। जो शरीर हमारे साथ जन्म लेता है, वह भी साथ नहीं रहता। माता, पिता, पुत्र, बंधुजन—जिनसे भी तूने अपना हित लगाया, वे सब तेरी देह से प्राण निकलते ही शरीर को आग में डाल देते हैं। इसलिए यह मान ले कि संसार का सम्पूर्ण व्यवहार उसी समय तक है जब तक व्यक्ति जीवित है।

नानक जी कहते हैं कि हरि के गुण गावो क्योंकि शेष सब कुछ स्वप्न के समान है।

हरि जसु रे मना गाइ लै जो संगी है तेरो।
अउसरु बीतिओ जातु है कहिओ मान लै मेरो।
संपति रथ धन राज सिउ अति नेहु लगाइओ।
काल फास जब गलि परी सभ भइओ पराइओ।
जानि बूझ के बाबरे तै काजु बिगारिओ।
पाप करत सुकचिओ नहीं नह गरबु निवारिओ।
जिस विधि गुर उपदेसिआ सो सुनु रे भाई।
नानक कहत पुकारि कै गहु प्रभ सरनाई।।

●

हे मन, तू हरि यश का गायन करे। यही तुम्हारा संगी है। अवसर बीतता जा रहा है, इसलिए मेरा कहना मान ले। तूने अपना प्रेम सम्पत्ति, रथ, धन और राज से लगा रखा है। परन्तु जब काल की फांसी गले में पड़ेगी तो ये सभी पराये हो जाएंगे। हे पागल मन, तूने जान-बूझकर अपना ही काम बिगाड़ लिया है। पाप करते तुझे संकोच नहीं होता, न ही तुमने अपने अहंकार को छोड़ा है। हे मेरे भाई, गुरु ने जो उपदेश दिया है, उसे सुनो।

नानक जी कहते हैं कि मैं पुकार कर कहता हूं कि तू प्रभु की शरण ग्रहण कर।

रागु बिलावलु महला

दुख हरता हरिनामु पछानो।
अजामलु गनका जिह सिमरत मुकति भए जीउ जानो।
गज की त्रास मिटी छिनहू महि जब ही रामु बखानो।
नारद कहत सुनत ध्रुअ बारिक भजन माहि लपटानो।
अचल अमर निरभै पदु पाइिओ जगत जाहि हैरानो।
नानक कहत भगत रछक हरि निकटि ताहि तुम मानो।।

●

सभी प्रकार के दु:खों को नष्ट करने वाले हरि नाम को पहचानो। अजामिल, गणिका आदि पापी भी जिसका नाम लेकर मुक्त हो गए, उसे अपने हृदय में अच्छी तरह धारण कर लो। राम का नाम लेते ही संकट में फंसे हुए हाथी का त्रास क्षण भर में मिट गया था। नारद का उपदेश सुनकर ध्रुव बालक भगवान के भजन में मगन हो गया था। उसे अटल, अमर और निर्भय पद प्राप्त हुआ, जिसे देखकर सारा संसार चकित रह गया।

नानक जी कहते हैं कि भगवान जगत के रक्षक हैं, तुम सदा उन्हें अपने निकट समझो।

बिलावलु महला

हरि के नाम बिना दुख पावै।
भगति बिना सहसा नह चूकै गुर इह भेदु बतावै।
कहा भइओ तीरथ व्रत कीए राम सरनि नही आवै।
जोग जग निहफल तिह मानउ जो प्रभ जसु बिसरावै।
मान मोह दोनौ कउ परहरि गोबिंद के गुन गावै।
कहु नानक इह विधि को प्रानी जीवन मुकति कहावै।।

●

हे प्राणी ! हरि के नाम के बिना सदा ही दुःख मिलता है। गुरु ने यह रहस्य बता दिया है कि हरि-भक्ति के बिना शंका दूर नहीं होती। यदि राम की शरण में तुम नहीं आते तो तीर्थों की यात्रा और व्रत आदि किस काम के ? प्रभु को भुला कर किया गया योग और यज्ञ भी निष्फल मानना चाहिए। इसलिए जो प्राणी अभिमान और मोह दोनों को त्याग कर प्रभु के गुण गाता है, नानक जी कहते हैं कि वही जीवन-मुक्त कहलाता है।

जा मै भजनु राम को नांही।
तिह नर जनमु अकारथ खोइआ यह राखहु मन माही।
तीरथ करै व्रत फुनि राखै नह मनूआ वसि जा कउ।
निहफल धरम ताहि तुम मानो साचु कहत मै या कउ।
जैसे पाहनि जल महि राखिओ भेदै नाहि तिहि पानी।
तैसे ही तुम ताहि पछानो भगति हीन जो प्रानी।
कल मै मुकति नाम तै पावत गुर यह भेदु बतावै।
कहु नानक सोई नरु गरुआ जे प्रभ के गुन गावै।।

जिस व्यक्ति ने राम नाम का भजन नहीं किया, तो यह अपने मन में समझ लो कि उसने अपना जन्म व्यर्थ गंवा दिया है। जो तीर्थ-स्नान करता है, व्रत भी करता है, परन्तु उसके हृदय में राम नहीं बसता, तो जान लो कि उसके ये सभी धर्म-कर्म निष्फल हैं। यह मैं सच कहता हूं। जैसे जल में रख देने पर भी पत्थर अंदर से नहीं भीगता, वही स्थिति भक्ति-हीन प्राणी की होती है, यह पहचान लो। गुरु ने यह भेद बताया है कि कलियुग में प्राणी की मुक्ति प्रभु नाम से ही होती है।

नानक जी कहते हैं कि वही व्यक्ति महत्त्वपूर्ण है, जो प्रभु के गुणों का गायन करता है।

रागु रामकली महला

रे मन ओट लेहु हरिनामा।
जा कै सिमरनि दुरमति नासै पाबहि पदु निरबाना।
बडमागी तिह जन कउ जानउ जो हरि के गुन गाबै।
जनम जनम के पाप खोइ कै फुनि बैकुंठि सिधावै।
अजामलु कउ अन्त काल मै नाराइन सुधि आई।
जां गति कउ जोगीसुर वाछत सो गति छिन महि पाई।
नाहन गुनु नाहनि कछु बिदिआ धरमु कउनु गजि कीना।
नानक बिरदु राम का देखो अभै दानु तिहि दीना।।

●

हे मन, हरि नाम का सहारा लो। इसके सुमिरन से दुर्मति का नाश होता है और मोक्ष की प्राप्ति होती है। उस व्यक्ति को बड़ा भाग्यशाली मानना चाहिए जो हरि के गुण गाता है। उसके जन्म-जन्म के पाप नष्ट हो जाते हैं और उसे बैकुंठ में स्थान प्राप्त होता है। अजामिल जैसे पापी को अंतकाल में नारायण की सुधि आई थी। जिस स्थान को पाने की कामना बड़े-बड़े योगी करते हैं, वह स्थान उसे क्षण भर में मिल गया था। संकट में फंसे उस हाथी में कोई गुण नहीं था, कोई विद्या भी नहीं थी, उसने बड़े धर्म-कार्य भी नहीं किए थे, परन्तु नानक जी कहते हैं कि राम का यश देखो, उसे भी नाम की आर्त पुकार करते ही अभय पद प्राप्त हो गया।

साधो कउनु जुगति अब कीजै।
जा ते दुरमति सगल बिनासै राम भगति मनु भीजै।
मन माइआ मै उरझि रहिओ है बूझै नह कछु ग्याना।
कउनु नामु जग जा कै सिमरै पावै पदु निरबाना।
भए दइआल कृपाल संत जन तब इह बात बताई।
सरब धरम मानो तिह कीए जिह प्रभ कीरति गाई।
राम नाम नर निसि बासुर मै निमख एक उरधारै।
जम को त्रासु मिटै नानक तिह अपुनो जनमु सवारे।।

●

हे साधु जनो, अब मैं कौन-सी युक्ति करूं जिससे मेरी सारी दुर्मति नष्ट हो जाए और मेरा मन राम-भक्ति में भीग जाए। मेरा मन माया में उलझ रहा है और ज्ञान की बात समझता नहीं। संसार में ऐसा कौन-सा नाम है जिसके सुमिरन से व्यक्ति को निर्वाण-पद प्राप्त होता है। जब संतजन मुझ पर दयालु और कृपालु हुए तो उन्होंने मुझे यह बात बताई कि जो व्यक्ति प्रभु की कीर्ति का गायन करता है, मानो उसने सभी धर्म-कार्य कर लिए हैं। जो व्यक्ति रात-दिन में एक क्षण के लिए राम नाम को अपने हृदय में बसाता है, नानक जी कहते हैं कि उसका यम का त्रास दूर हो जाता है और वह अपना जन्म संवार लेता है।

प्रानी नाराइनि सुधि लेइ।
छिनु छिनु अउध घटै निस बासुर वृथा जातु है देह।
तरनापो बिखिअन सिउ खोइओ बालपनु अज्ञाना।
बिरध भइओ अजहू नही समझे कउनु कुमति उरझाना।
मानस जनम दीओ जिह ठाकुर सो तै किओ बिसराइओ।
मुकति होत नर जाकै सिमरै निमख न ता को गाइओ।
माइया को मदु कहा करतु है संग न काहू जाई।
नानक कहत चेति चिंतामनि होइ है अंति सहाई।।

●

हे प्राणी, नारायण का स्मरण करो। जीवन की अवधि रात-दिन पल-पल करके कम होती जा रही है और इस प्रकार यह देह व्यर्थ ही जा रही है। तूने युवावस्था सांसारिक विषय वासनाओं में खो दी, बचपन अज्ञान में गंवा दिया। अब तुम वृद्ध हो गए, परन्तु तुम्हें सही बात अब भी समझ में नहीं आई। अभी भी तुम न जाने किस प्रकार की कुमति में उलझे हुए हो। जिस प्रभु ने तुम्हें मानव-जीवन दिया, उसे क्यों भुला दिया है। जिसके स्मरण करने से नर मुक्त हो जाता है, उसे तू पल भर भी याद नहीं करता। तू अपनी सांसारिक प्राप्तियों का इतना अभिमान क्यों करता है, ये तेरे संग नहीं जाएंगी।

नानक जी कहते हैं कि चिंतामणि प्रभु का ध्यान करो, अंत में वे ही सहायक होंगे।

हरि को नामु सदा सुखदाई।
जा कउ सिमरि अजामलु उधरिओ गनका हू गति पाई।
पंचाली कउ राज सभा मै राम नाम सुधि आई।
ता को दूख हरिओ करुनामै अपनी पैज बढ़ाई।
जिह नर जसु कृपा निधि गाइयो ता कउ भइओ सहाई।
कहु नानक मै इही भरोसै गही आन सरनाई।।

●

हरि का नाम सदा ही सुख देने वाला है। इस नाम का सुमिरन करके अजामिल का उद्धार हो गया था और गणिका को भी परम गति प्राप्त हो गई थी। द्रोपदी को राज सभा में (जब चीर हरण हो रहा था) प्रभु नाम का स्मरण आया था तो करुणामय प्रभु ने उसके दुःख को दूर करके अपने वचन की प्रतिष्ठा को बढ़ाया था। जो नर भी कृपानिधि प्रभु के नाम का गायन करता है, प्रभु उसकी सहायता करते हैं।

नानक जी कहते हैं कि मैंने इसी विश्वास पर उसकी शरण ग्रहण की है।

अब मै कहा करउ री माई।
सगल जनम बिखिअनि सिउ खोइआ सिमरिओ नाहि कन्हाई।
काल फास जब गर मै मेली तिह सुधि सभ बिसराई।
राम नाम बिनु या संकट मै को अब होत सहाई।
जो संपत्ति अपनी करि मानी छिन मौ भई पराई।
कहु नानक यह सोच रही मनि हरि जसु कबहू ने गाई।।

●

हे माई, अब मैं क्या करूं। मैंने अपना सारा जीवन विषय-वासनाओं में ही खो दिया, कन्हाई (प्रभु) का सुमिरन नहीं किया। जब मृत्यु की फांसी गले में पड़ गई तो उसने सारी सुधि भुला दी। इस संकट में राम नाम के बिना कौन सहायक होता। जिस सम्पत्ति को मैं अपनी मानता था, वह पल भर में पराई हो गई।

नानक जी कहते हैं कि मेरे मन में सदा यही चिंता रही, कि मैंने हरि यश का कभी गायन नहीं किया।

भाई मै मन को मानु न तिआगियो।
माइआ के मदि जनमु सिराइओ राम भजनि नही लागिओ।
जम को डंडु परिओ सिर ऊपरि तब सोवत तै जागिओ।
कहा होत अब कै पछुताए छूटत नाहिन भागिओ।
इह चिता उपजी घट में जब गुरु चरनन अनुरागिओ।
सुफलु जनमु नानक तब हूआ जो प्रभ जस मै पागिओ।।

●

हे भाई, मैंने अपने मन के अभिमान को कभी नहीं छोड़ा। मैंने माया के नशे में सारा जन्म गंवा दिया, राम नाम का भजन नहीं किया। जब यमराज का डंडा सिर पर पड़ा तो मैं जैसे सोते से जागा। अब पछताने से क्या होता है। अब छूटकर भागा नहीं जा सकता था। जब मेरे हृदय में यह चिंता पैदा हुई तो मैंने गुरु के चरणों से प्रेम उत्पन्न किया।

नानक जी कहते हैं कि मेरा जन्म जो तब सफल हुआ जब मैं प्रभु के यश में पग (रम) गया।

रागु बसंतु हिंडोल महला

साधो इह तनु मिथिआ जानउ।
या भीतरि जो राम बसतु है साचो ताहि पछानो।
इहु जगु है संपति सुपने की देखि कहा ऐडानो।
संगि तिहारे कछु न चालै ताहि कहा लपटानो।
उसतति निंदा दोऊ परहर हरि कीरति उरआनो।
जन नानक सभ ही मै पूरन एक पुरख भगवानो।।

●

साधु जनो ! इस शरीर को मिथ्या ही समझो। इस शरीर के भीतर परमेश्वर की जो ज्योति है, उसे ही सच के रूप में पहचानना चाहिए। संसार तो सपने में पाई हुई सम्पत्ति के समान है। इसे देखकर इतना क्यों इतरा रहे हो। तुम्हारे साथ तो कुछ जाएगा नहीं। इससे इतना क्यों लिपट रहे हो। इसलिए स्तुति और निंदा दोनों का विचार छोड़कर हरि की कीर्ति को ही अपने मन में बसाओ।

नानक जी कहते हैं कि एक भगवान ही सब में व्यापत है।

पापी हीए मै कामु बसाइ।
मनु चंचलु याते गहिओ न जाइ।
जोगी जंगम अरु संनिआस।
सभ ही परि डारो इह फास।
जिहि जिहि हरि को नामु सम्हारि।
तै भव सागर उतरे पारि।
जन नानक हरि की सरनाई।
दीजै नामु रहै गुन गाई।।

●

अरे पापी तूने तो अपने हृदय में काम को बसा लिया है। यही कारण है कि यह चंचल मन तेरी पकड़ में नहीं आता। काम-भाव ने जोगी, जंगम और संयासी सभी पर फांस डाली हुई है। परन्तु जिन लोगों ने हरिनाम को अपने अंदर सहेज लिया, वे भवसागर पार कर गए।

नानक जी कहते हैं कि हे हरि, मैं तुम्हारी शरण में आ गया हूं, मुझे नाम दीजिए जिससे मैं सदा तुम्हारे गुण गाता रहूं।

भाई मैं धनु पाइओ हरि नामु।
मनु मेरो धावन ते छूटिओ करि बैठो बिसरामु।
माइआ ममता तन ते भागी उपजिओ निरमल ज्ञानु।
लोभ मोह इह परसि न साकै गही भगति भगवान।
जनम जनम का संसा चूका रतनु नामु जब पाइआ।
तृसना सकल बिनासीं मन तै निज सुख माहि समाइआ।
जा कउ होत दइआलु कृपा निधि सो गोबिंद गुन गावै।
कहु नानक इह बिधि को संपै कोऊ गुरमुखि पावै।।

●

हे भाई, मुझे हरिनाम रूपी धन प्राप्त हो गया है। अब मेरा मन इधर-उधर भटकने से छूट गया है और वह शांति की स्थिति में आ गया है। मेरे शरीर से माया-ममता भाग गई है और उसमें पवित्र ज्ञान उत्पन्न हो गया है। अब इस शरीर को लोभ, मोह जैसे विकार छू भी नहीं सकते। इसने भगवान की भक्ति ग्रहण कर ली है। भगवान के नाम का रत्न जब मैंने पा लिया, तो मेरे मन से जन्म-जन्म का संशय समाप्त हो गया। मेरे मन से सांसारिक वस्तुओं की तृष्णा नष्ट हो गई और वह अलौकिक सुख में समा गया है। जिस पर कृपानिधि भगवान की दया होती है, वह परमेश्वर के गुण गाता है।

नानक जी कहते हैं कि इस प्रकार की सम्पत्ति किसी गुरुमुख को ही प्राप्त होती है।

मन कहा बिसारिओ राम नामु।
तनु बिनसै जम सिउ परै कामु।
इहु जगु धुए का पहार।
तै साचा मानिआ किह बीचारि।
धनु दारा संपति ग्रेह।
कछु संगि न चालै समझ लेह।
इक भगति नाराइन होइ संगि।
कहु नानक भजु तिह एक रंगि।।

●

हे मन, तूने राम नाम को क्यों भुला दिया है ? जब शरीर नष्ट हो जाता है तो यमदूत से काम पड़ता है। यह जग तो धुएं के पहाड़ के समान है। तुमने क्या सोचकर इसे सच मान लिया ? धन, स्त्री, सम्पत्ति और घर, इसमें तुम्हारे साथ कुछ भी नहीं जाएगा, इसे समझ लो। भगवान की भक्ति ही तुम्हारे संग जाएगी।

नानक जी कहते हैं कि उसे एक रंग, एकाग्र होकर भजो।

कहा भूलिओ रे झूठे लोभ लाग।
कछु बिगरिओ नाहनि अजहु जाग।
सम सुपनै क इहु जगु जानु।
बिनसै छिन मै साची मानु।
संगि तेरै हरि बसत नीत।
निस बासुर भजु ताहि मीत।
बार अंत की होइ सहाइ।
कहु नानक गुन ताके गाई।।

●

हे मन, तू झूठे लोभ से जुड़ कर क्यों भूल कर रहा है। जाग जाओ, अभी भी कुछ बिगड़ा नहीं है। इस संसार को सपने की तरह जानो। यह सच मान लो कि जो कुछ दिख रहा है, वह क्षणमात्र में नष्ट हो जाएगा। हरि सदा तुम्हारे साथ रहता है। इसलिए हे मेरे मित्र, रात-दिन उसी को भजो। अंत समय वही सहायता करता है।

नानक जी कहते हैं कि सदा उसी के गुण गाने चाहिए।

रागु सारंग महला

हरि बिनु तेरो को न सहाई।
कांकी मात पिता सुत बनिता को काहू को भाई।
धनु धरनी अरु संपत्ति सगरी जो मानिओ अपनाई।
तन छूटै कछु संगि ने चालै कहा ताहि लपटाई।
दीन दइआल सदा दुख भंजन ता सिउ रुचि न बढ़ाई।
नानक कहत जगत सभ मिथिआ जिउ सुपना रैनाई।।

●

हे प्राणी, हरि के बिना तेरा कोई सहायक नहीं है। किसकी माता, किसका पिता, पुत्र या स्त्री, कौन किसका भाई ? यह धन, ज़मीन और सारी सम्पत्ति जिसे तू अपना मान कर अपना रहा है, तन छूटने पर तेरे साथ नहीं जाएंगे, इनसे क्यों लिपट रहा है। दीनदयाल, सदा दुखों को नष्ट करने वाले प्रभु से तुमने अपना प्रेम नहीं बढ़ाया।

नानक जी कहते हैं कि यह संसार उसी तरह मिथ्या है जैसे रात का सपना।

कहा मन विखिआ सिउ लपटाही।
या जग मै कोउ रहनु न पावै इक आवहि इक जाही।
कांको तनु धनु संपत्ति कांकी का सिउ नेहु लगाही।
जो दीसै सो सगल बिनासै जिउ बादर की जाही।
तजि अभिमानु सरणि संतन गहु मुकति होहि छिन माही।
जन नानक भगवंत भजन बिनु सुखु सुपने भी नाही।।

●

हे मेरे मन, तू विषय-वासनाओं से क्यों लिपट रहा है। इस संसार में कुछ रहने नहीं पाता। एक आता है तो एक जाता है। आज तक तन, धन और सम्पत्ति किसके हुए हैं ? तुम किससे स्नेह लगा रहे हो ? जो कुछ दिखता है, वह नाशवान है, जैसे बादलों की छाया जल्दी ही नष्ट हो जाती है। इसलिए अभिमान को छोड़कर संत जनों की शरण ग्रहण करो। इससे क्षण भर में तुम्हारी मुक्ति हो जाएगी।

नानक जी कहते हैं कि भगवान के भजन के बिना तो व्यक्ति को सपने में भी सुख नहीं मिल सकता।

कहा नर अपनो जनमु गवावै।
माइआ मदि बिखिआ रसि रचिओ राम सरनि नहीं आवै।
इहु संसारु सगल है सुपनो देखि कहा लोभावै।
जो उपजे सो सगल बिनासै रहनु न कोउ पावै।
मिथिआ तनु साचो करि मानिओ इह विधि आपु बंधावै।
जन नानक सोऊ जग मुकता राम भजन चितु लावै।।

●

हे नर तू अपना जन्म क्यों नष्ट कर रहा है। तू मायो के नशे में चूर होकर विषय-वासनाओं में डूबा हुआ है और राम की शरण में नहीं आता। यह संसार तो स्वप्न के समान है। इसे देखकर लोभ में क्यों पड़ता है ? संसार में जो भी वस्तु जन्म लेती है, वह नष्ट होती है। कुछ भी रहने नहीं पाता। तूने इस मिथ्या शरीर को अपना करके मान लिया है। इस प्रकार तू स्वयं माया के बंधन में बंध गया है।

नानक जी कहते हैं कि वही व्यक्ति मुक्त है, जो राम भजन में अपना मन लगाता है।

मन करि कबहु न हरि गुन गाइओ।
बिखिआ सकति रहिओ निस बासुर कीनो अपनो भाइओ।
गुर उपदेसु सुनिओ नह काननि पर दारा लपटाइओ।
पर निदिआ कारनि बहु धावत समझिओ नह समझाइओ।
कहा कहउ मैं अपनी करनी जिह विधि जनमु गवाइओ।
कहि नानक सभ अउगन भौ मै राखि लेहु सरनाइओ।।

●

जान बूझकर मैंने कभी भी हरि के गुणों का गायन नहीं किया। विषय वासनाओं के साथ मैं रात-दिन जीता रहा और अपने किए पर प्रसन्न होता रहा। गुरु का उपदेश मैंने कभी ग्रहण नहीं किया। दूसरे की पत्नी में ही सदा रुचि लेता रहा। मेरा मन परनिंदा के लिए सदैव दौड़ता रहा। इसे बहुत समझाया, परन्तु यह समझता नहीं। अपनी करनी का मैं क्या वर्णन करूं कि किस प्रकार मैंने अपना जन्म गंवा दिया।

नानक जी कहते हैं कि हे प्रभु, मुझमें सभी प्रकार के अवगुण हैं। मैं आपकी शरण में आया हूं, मेरी रक्षा कीजिए।

रागु जैजावंती महला

राम सिमर राम सिमर इह तेरै काजि है।
माइआ को संगु तिआगि प्रभ जू की सरनि लाग।
जगत सुख मानु मिथिआ झूठो सभ साजु है।
सुपने जिउ धनु पछानु।
काहे पर करत मानु।
बारू की भीति जैसे बसुधा की राजु है।
नानक जन कहत बात बिनसि जै है तेरो गात।
छिनु छिनु करि गइओ कालु तैसे जातु आजु है।।

●

हे भाई, राम का सुमिरन करो, यही तुम्हारा काम है। माया का संग त्यागकर प्रभु की शरण में आओ। संसार के सुखों को मिथ्या मानो क्योंकि संसार के सभी साज झूठे हैं। तुम्हारे पास जो धन है, वह स्वप्न की तरह है, इसलिए इस पर मान क्यों करते हो। पृथ्वी का राज्य भी रेत की दीवार की तरह है।

नानक जी कहते हैं–मैं एक बात कहता हूं कि तुम्हारा यह शरीर नष्ट हो जाएगा। जैसे-जैसे तुम्हारा आज का समय बीतता जा रहा है, उसी तरह क्षण-क्षण करके तुम्हें काल पकड़ता जा रहा है।

राम भजु राम भजु जनमु सिरातु है।
कहउ कहा बार बार समझत नह किउ गवार।।
बिनसत नह लगै बार और सम गात है।
सगल भरम डारि देह गोबिंद को नामु लेह।
अंति बार संगि तेरे इहै एक जातु है।
बिखिआ बिख जिउ बिसारि प्रभ को जसु हीए धार।
नानक जन कहि पुकार अउसरु बिहातु है।।

●

हे भाई, राम नाम का भजन करो, जन्म बीतता जा रहा है। मैंने तुम्हें बार-बार कहा, परन्तु मूर्ख की भांति तू कुछ समझता ही नहीं। तेरा शरीर तो ओले के समान गलकर नष्ट हो जाने वाला है। अपने सभी भ्रम त्याग कर प्रभु का नाम लो क्योंकि अंत समय में यही एक चीज़ तुम्हारे साथ जाएगी। विषय-वासनाओं को विष समझकर भुला दो। प्रभु के यश को अपने हृदय में धारण करो।

नानक जी कहते हैं कि मैं यह पुकार-पुकार कर कह रहा हूं, कि क्षण-क्षण अवसर बीतता जा रहा है।

रे मन कउन गति होइ है तेरी।
इह जग मै राम नामु सो तउ नही सुनिओ कान।
विखिअन सिउ अति लुभान मति नाहिन फेरी।
मानस को जनमु लीन सिमरनु नह निमख कीन।
दारा सुख भइओ दीन पगहु परी बैरी।
नानक जन कहि पुकारि सुपनै जिउ जगु पसारि।
सिमरत नहि किओ मुरारि।
माइआ जा की चेरी।।

●

रे मन, तेरी कैसी गति होगी ? इस संसार में राम-नाम ही सार तत्त्व है, जिसे तूने कभी सुना नहीं। विषय-वासनाओं के लोभ में तू पड़ा रहता है। इनकी ओर से अपनी मति तू नहीं फेरता। मनुष्य का जन्म लेकर तूने राम नाम का पल भर भी सुमिरन नहीं किया। तू सदा स्त्री-सुख में ही लीन रहा, तेरे पैरों में मौत की बेड़ी पड़ गई।

नानक जी कहते हैं कि मैं पुकार कर कहता हूं कि इस संसार का सम्पूर्ण पसारा सपने के समान है। इसलिए तू अब प्रभु का सुमिरन क्यों नहीं करता, माया जिसकी दासी है।

बीत जै है बीत जै हैं जनमु अकाज रे।
निस दिन सुन कै पुरान।
समझत नह रे अजान।
काल तउ पहूंचिओ आनि कहा ज है भाजि रे।
असथिरु जो मानिओ देह सो तउ तेरउ होइ हैं खेह।
किउ न हरि को नाम लेउ मूरख निलाज रे।
राम भगति हीए आनि छाडि दे तै मन को मानु।
नानक जन इह बखान जग मै बिराजु रे।।

●

हे भाई, तेरा जन्म तो व्यर्थ ही व्यतीत हो जाएगा। हे अज्ञानी, तू रात-दिन की पुकार सुनकर भी समझता क्यों नहीं ? काल तेरे पास पहुंच गया है, तू इससे भागकर कहां जाएगा ? जिस शरीर को तू स्थायी मान बैठा है, वह तो एक दिन मिट्टी हो जाएगा। इसलिए हे मूर्ख, हे निर्लज्ज, तू हरि का नाम क्यों नहीं लेता ? तू अपने मन का अभिमान छोड़कर उसमें राम-भक्ति को बसा।

नानक जी कहते हैं कि इस प्रकार तुम संसार में अपना स्थान बनाओ।

सलोक

गुन गोबिंद गाइओ नहीं जनमु अकारथ कीन।
कहु नानक हरि भजु मना जिहि बिधि जल कौ मीन।।

(हे भाई, तुमने गोबिंद के गुणों का गायन नहीं किया, फलस्वरूप अपने जन्म को व्यर्थ बना लिया। नानक जी कहते हैं कि हे मन, हरि के भजन में उसी प्रकार लीन हो जा जैसे मछली जल में लीन रहती है।)

बिखिअन सिउ काहे रचिउ निमख न होहि उदास।
कहु नानक भजु हरि मना परै न जम की फास।।

(हे मन, तुम विषय-वासनाओं में इतना क्यों डूबे रहते हो ? इनसे पल भर भी तुम उदास नहीं होते। नानक जी कहते हैं कि हे मन हरि का भजन करो। इससे तुम यम की फांसी से दूर रहोगे।)

तरनापो इउ ही गइओ लीओ जरा तनु जीति।
कहु नानक भज हरि मना अउधं जातु है बीति।।

(युवावस्था तो ऐसे ही निकल गई, अब बुढ़ापे ने शरीर को जीत लिया है। नानक जी कहते हैं कि हे मन, हरि का भजन कर, क्योंकि आयु बीतती जी जा रही है।)

बिरध भइओ सूझै नहीं कालु पहुचिओ आन।
कहु नानक नर बावरे किउ न भजै भगवान।।

(हे नर, तुम बूढ़े हो गए, तुम्हें कुछ सुझाई तक नहीं देता। काल भी आ पहुंचा है। नानक जी कहते हैं कि हे पागल नर, इस समय भी तुम भगवान का स्मरण नहीं करते।)

धनु दारा संपति सगल जिनि अपुनी करि मानि।
इन मै कछु संगी नहीं नानक सांची जानि।।

(जो लोग धन, स्त्री, सम्पत्ति को अपनी मान कर चलते हैं, नानक जी उनसे कहते हैं, हे भाई इसमें कोई भी अंतकाल के संगी नहीं हैं, यह सच मान लो।)

पतित उधारन भै हरन हरि अनाथ को नाथ।
कहु नानक तिह जानिऐ सदा बसतु तुम साथ।।

(हरि पतितों का उद्धार करने वाले हैं और भय का नाश करने वाले हैं। वे अनाथों के नाथ हैं। नानक जी कहते हैं कि उन्हें ही जानना चाहिए। वे सदा तुम्हारे साथ रहते हैं।)

तनु धनु जिह तोकउ दीओ तां सिउ नेहु न कीन।
कहु नानक नर बावरे अब किउ डोलत दीन।।

(जिस परमेश्वर ने तुम्हें तन और धन दिया, उससे तुमने प्रीति नहीं की। नानक जी कहते हैं कि हे पागल मनुष्य, अब (दुख में) तुम दीन होकर इधर-उधर क्यों डोलते फिरते हो ?)

तनु धनु संगै सुख दीओ अरु जिह नीके धाम।
कहु नानक सुन रे मना, सिमरत काहि न राम।।

(जिस राम ने तुम्हें तन, धन और सभी प्रकार के सुख दिए और रहने के लिए सुंदर घर दिए, नानक जी कहते हैं, हे मन, उस राम को तुम स्मरण क्यों नहीं करते ?)

सभ सुख दाता रामु है दूसर नाहि न कोइ।
कहु नानक सुनि रे मना, तिह सिमरत गति होइ।।

(राम सभी सुखों के दाता हैं, उनके अतिरिक्त और कोई नहीं। नानक जी कहते हैं कि हे मन सुनो, उसे स्मरण करने से ही सद्गति की प्राप्ति होती है।)

जिह सिमरत गति पाइए तिहि भजु रे तै मीत।
कहु नानक सुन रे मना अउध घटत है नीत।।

(हे मित्र, जिसे याद करने से मुक्ति प्राप्त होती है, उसे भजना चाहिए। नानक जी कहते हैं कि हे मन सुनो, जीवन की अवधि दिन-प्रतिदिन घटती चली जा रही है।)

पांच तत्त को तनु रचिउ जानहु चतुर सुजान।
जिह ते उपजिउ नानका, लीन ताहि मै मान।।

(हे चतुर ज्ञानी जन, यह जान लो कि यह शरीर पांच तत्त्वों (जल, पृथ्वी, अग्नि, वायु और आकाश) से मिलकर बनता है। नानक जी कहते हैं। कि यह शरीर जिन तत्त्वों से मिलकर बनता है, अंत में उन्हीं में समा जाता है।)

घटि घटि मै हरिजू बसै, संतन कहिओ पुकारि।
कहु नानक तिह भजु मना, भउ निधि उतरहि पारि।।

(संत जन यह बात पुकार-पुकार कर कहते हैं कि परमेश्वर का वास हर शरीर में है। नानक जी कहते हैं कि हे मन उसका नाम सदा भजो, इससे तुम संसार रूपी समुद्र से पार उतर जाओगे।)

सुख दुख जिह परसै नहीं लोभ मोह अभिमानु।
कहु नानक सुन रे मना, सो मूरत भगवान।।

(जिस व्यक्ति को सुख, दुख, मोह और अभिमान नहीं छूते, नानक जी कहते हैं कि ऐसा व्यक्ति तो भगवान की मूर्ति की भांति ही है।)

उसतति निंदिआ नाहि जिहि कंचन लोह समानि।
कहु नानक सुनि रे मना मुकति ताहि तै जानि।।

(जिस व्यक्ति को न स्तुति की परवाह है, न निंदा की; जो सोने और लोहे को बराबर समझता है, नानक जी कहते हैं कि ऐसे व्यक्ति को मुक्त व्यक्ति समझना चाहिए।)

हरष सोग जाकै नहीं बैरी मीत समान।
कहु नानक सुनि रे मना मुकति ताहि तै मान।।

(जिसे न हर्ष की चिंता है, न शोक की; जो शत्रु और मित्र को एक समान समझता है, नानक जी कहते हैं कि उसे मुक्तजन समझना चाहिए।)

भै काहू कउ देत नहि, नहि भै मानत आनि।
कहु नानक सुनि रे मना, गिआनी ताहि बखानि।।

(जो व्यक्ति संसार में किसी को न तो भय देता, न ही किसी का भय स्वीकार करता है, नानक जी कहते हैं कि हे मन, वही व्यक्ति ज्ञानी है।)

जिहि बिखिआ सगली तजी लीओ भेरव बैराग।
कहु नानक सुन रे मना, तिह नर माथै भाग।।

(जिस व्यक्ति ने सभी विषय-वासनाओं का त्याग कर दिया है और मन में वैराग्य धारण कर लिया है। नानक जी कहते हैं कि हे मन, वह व्यक्ति बड़ा भाग्यशाली है।)

जिहि माया ममता तजी सभत भइओ उदास।
कहु नानक सुन रे मना, तिह घटि ब्रह्म निवास।।

(जिस व्यक्ति ने माया, ममता को तज दिया है और सांसारिक आकर्षणों के प्रति उदासीन हो गया है, नानक जी कहते हैं कि उसके हृदय में ब्रह्म का निवास हो गया है।)

जिहि प्राणी हउमै तजी करता राम पछान।
कहु नानक वहु मुकति नरु इह मन साची मान।।

(जिस व्यक्ति ने अहंकार को तज दिया है और सृष्टि के कर्त्ता राम को जान लिया है, नानक जी कहते हैं कि हे मन, यह सच मान लो कि वह व्यक्ति मुक्त जन है।

भै नासन दुरमति हरन, कलि मै हरि को नामु।
निसदिनि जो नानक भजै सफल होहि तिह काम।।

(कलियुग में हरि का नाम भय का नाश करता है और दुर्मति को दूर करता है। नानक जी कहते हैं कि जो व्यक्ति हरिनाम को रात-दिन भजता है, उसके सभी काम सफल हो जाते हैं।

जिहबा गुन गोबिंद भजहु करन सुनहु हरि नाम।
कहु नानक सुन रे मना, परहि न जम के धाम।।

(जो व्यक्ति अपनी जीभ से गोबिद के गुणों का बखान करता है, अपने कानों से हरिनाम सुनता है, नानक जी कहते हैं कि हे मन, ऐसा व्यक्ति यम के धाम नहीं जाता।)

जो प्रानी ममता तजै लोभ मोह अहंकार।
कहु नानक आपन तरै अउरन लेत उधार।।

(जो प्राणी ममता, लोभ, मोह और अंहकार को छोड़ देता है, नानक जी कहते हैं कि वह स्वयं तर जाता है तथा और लोगों का भी उद्धार कर देता है।)

जिउ सुपना अरु पेखना ऐसे जग कउ जानि।
इन मै कछु साचो नहीं, नानक बिनु भगवान।।

(जैसे सपना लेना और उसमें कुछ देखना मिथ्या है, उसी प्रकार संसार को भी समझना चाहिए। नानक जी कहते हैं कि भगवान के नाम के बिना इसमें कुछ भी सच नहीं।)

निसि दिन माइआ कारने प्रानी डोलत नीति।
कोटक मैं नानक कोऊ नाराइन जिह चीति।।

(सांसारिक प्राणी तो रात-दिन माया के चक्कर में इधर-उधर डोलते रहते हैं। नानक जी कहते हैं कि करोड़ों लोगों में कुछ ही ऐसे होते हैं, जिनके चित्त में नारायण बसता है।)

जैसे जल ते बुदबुदा उपजै बिनसै नीत।
जग रचना तैसे रची कहु नानक सुन मीत।।

(जिस प्रकार जल में बहुत से बुदबुदे नित्य ही बनते-बिगड़ते रहते हैं, नानक जी कहते हैं कि हे मित्र, उसी प्रकार इस संसार की रचना भी अस्थिर है।)

प्राणी कछु न चेतई मद माइआ कै अंध।
कहु नानक बिनु हरि भजन परत ताहि जम फंद।।

(माया के मद में अंधा हुआ प्राणी कुछ भी नहीं सोचता। नानक जी कहते हैं कि हरिभजन के बिना वह यम के बंधन में पड़ा रहता है।)

जउ सुख कउ चाहै सदा सरनि राम की लेह।
कहु नानक सुन रे मना दुरलभ मानुख देह।।

(हे प्राणी, यदि तुम स्थायी सुख चाहते हो तो राम की शरण में आओ। नानक जी कहते हैं कि हे मेरे मन सुनो। मनुष्य देह बड़ी दुर्लभ है। इसे व्यर्थ ही नष्ट मत करो।

माइआ कारनि धावई मूरख लोग अजान।
कहु नानक बिनु हरिभजन बिरथा जनमु सिरान।।

(माया की प्राप्ति के लिए मूर्ख, अज्ञानी लोग दौड़ते फिरते हैं। नानक जी कहते हैं कि हरि के भजन के बिना जन्म व्यर्थ ही बीत जाता है।)

जो प्रानी निसि दिनि भजे रूप राम तिह जानु।
हरिजन हरि अंतरु नहीं, नानक साची मानु।।

(जो प्राणी, रात-दिन ईश्वर भजन में लीन रहता है, उसे राम का ही रूप मानना चाहिए। नानक जी कहते हैं कि इस बात को सच मान लो कि हरि और हरि के भक्तों में कोई अंतर नहीं है।)

मनु माइआ मैं बंधि रहिओ बिसरिउ गोबिंद नाम।
कहु नानक बिनु हरि भजन जीवन कउने काम।।

(मन तो माया के बंधन में बंधा हुआ है, उसने परमेश्वर का नाम भुला दिया है। नानक जी कहते हैं कि हरि के भजन बिना जीवन किसी काम का नहीं है।)

प्रानी राम न चेतई मदि माइआ कै अंध।
कहु नानक हरिभजन बिनु परत ताहि जम फंद।।

(हे प्राणी, माया के नशे में अंधे होकर तुम राम-नाम का स्मरण नहीं करते। नानक जी कहते हैं कि हरि के भजन के बिना यम का बंधन ही प्राप्त होता है।)

सुख मै बहु संगी भए दुख मै संगि न कोई।
कहु नानक हरिभज मना, अंति सहाई होइ।।

(सुख में बहुत से लोग साथी बन जाते हैं, दुःख में कोई साथी नहीं बनता। नानक जी कहते हैं कि हे मन, हरि का नाम लो, वही अंत में सहायक बनता है।)

जनम-जनम भरमत फिरिओ मिटिओ न जम की त्रासु।
कहु नानक हरि भजु मना, निरभै पावहि बासु।।

(मनुष्य कई जन्मों तक भटकता रहता है, परन्तु उसे यम के त्रास से मुक्ति नहीं मिलती। नानक जी कहते हैं कि हे मन, हरि का नाम भजो, इससे तुम्हें निर्भय पद की प्राप्ति होगी।)

जतन बहुतु मैं कर रहिओ मिटिओ न मन को मानि।
दुरमति सिउ नानक फधिओ राखि लेहु भगवानि।।

(मैंने बहुत से यत्न किए, परन्तु मेरे मन का मान नहीं मिट सका। नानक जी कहते हैं कि मैं सदा खोटी मति में फंसा रहा। हे भगवान, मेरी रक्षा करो।)

बाल जुआनी अरु बिरध फुनि तीन अवस्था जानि।
कहु नानक हरि भजन बिनु बिरथा सम ही मानि।।

(मनुष्य की तीन अवस्थाएं होती हैं–बालपन, जवानी और बुढ़ापा। नानक जी कहते हैं कि हरि के भजन के बिना, सभी को व्यर्थ मानना चाहिए।)

करणो हुतो सु ना कीओ परिओ लोभ कै फंध।
नानक समिओ रमि गइओ अब किऊ रोवत अंध।।

(लोभ के बंधन में फंसकर हे प्राणी, तुम्हें जो करना चाहिए था, वह तुमने नहीं किया। नानक जी कहते हैं कि इस प्रकार समय तो निकल गया। अरे अंधे ! अब क्यों रोते हो ?)

मनि माइआ मै रमि रहिओ निकसत नाहिनि मीत।
नानक मूरहि चित्र जिउ छाडित नाहनि भीत।।

(हे मित्र, मन माया के रंग में रमा हुआ है। वह वहां से निकलता ही नहीं। नानक जी कहते हैं कि इसकी अवस्था दीवार पर बने हुए चित्र की तरह है, जो दीवार को छोड़ता नहीं।)

नर चाहत कछु अउर, अउरै की अंउरै भई।
चितवन रहिओ ठगउर, नानक फासी गल परी।।

(व्यक्ति कुछ और चाहता है परन्तु हो कुछ और जाता है। माया में फंसा हुआ व्यक्ति लोगों को ठगने की बात सोचता रहा, किन्तु नानक जी कहते हैं कि उसके गले में मृत्यु की फांसी आ पड़ी।)

जतन बहुत सुख के किए दुख को कीओ न कोइ।
कहु नानक सुन रे मना, हरि भावै सो होइ।।

(व्यक्ति अपने जीवन में सुख-प्राप्ति के लिए अनेक यत्न करता है, परन्तु दुख का कोई उपाय नहीं करता। नानक ही कहते हैं कि हे मन सुनो, होता वही है जो ईश्वर को अच्छा लगता है।)

जगतु भिखारी फिरतु है सभ को दाता राम।
कहु नानक मन सिमरु तिह पूरन होवहि काम।।

(संसार भिखारी के समान इधर-उधर घूमता रहता है, किन्तु सभी को देने वाले तो राम हैं। नानक जी कहते हैं कि हे मन, उसी का स्मरण करो, तुम्हारे सभी काम पूरे हो जाएंगे।)

झूठे मानु कहा करै जगु सुपने जिउ जान।
इन मै कछु तेरो नहीं नानक कहिउ बखान।।

(हे भाई, तुम झूठा अभिमान क्यों करते हो। यह संसार तो सपने के समान है। नानक जी कहते हैं कि मैं यह कहता हूं कि इन सांसारिक पदार्थों में तुम्हारा कुछ भी नहीं है।)

गरबु करतु है देह को बिनसै छिन मै मीत।
जिहि प्रानी हरि जसु कहिओ, नानक तिहि जगुजीत।।

(हे मित्र, तुम अपनी देह का इतना अभिमान क्यों करते हो ? यह तो क्षण भर में नष्ट हो जाती है। नानक जी कहते हैं संसार में जीत उसी प्राणी की होती है जो हरि यश का गान करता है।)

जिह घट सिमरन राम को सो नरु मुकता जानु।
तिहि नर हरि अंतरु नहीं नानक साची मानु।।

(जिस शरीर में राम नाम का सिमरन है, वह नर मुक्तजनों की भांति है। नानक जी कहते हैं कि उस व्यक्ति में और ईश्वर में कोई अन्तर नहीं है, इस बात को सच मान लो।)

एक भगति भगवान जिह प्रानी कै नाहि मन।
जैसे सूकरू सुआनु नानक मानो ताहि जन।।

(जिस प्राणी के मन में भगवान की भक्ति नहीं है, नानक जी कहते हैं कि उसका शरीर तो किसी सुअर या कुत्ते जैसा ही है।)

सुआमी को ग्रिहु जिउ सदा, सुआन तजत नहीं नित।
नानक इह बिधि हरि भजहु इकमन हुइ इकि चित।।

(जिस प्रकार एक कुत्ता कभी अपने स्वामी का घर नहीं छोड़ता, नानक जी कहते हैं कि उसी प्रकार एक मन और एक चित होकर हरि का भजन करना चाहिए।)

तीरथ बरत अरु दान करि मन मै धरै गुमानु।
नानक निहफल जात तिह जिउ कुंचर इसनानु।।

(जो लोग तीर्थ, व्रत और दान करते हैं, किन्तु मन में अंहकार को बसाए रखते हैं। नानक जी कहते हैं कि उनका यह कार्य उसी तरह निष्फल हो जाता है, जैसे हाथी का स्नान।)

सिरू कंपिओ पग डगमगै नैन जोति ते हीन।
कहु नानक इह बिधि भई तऊ न हरि रस लीन।।

(वृद्धावस्था में सिर कांपने लगा है, पैर डगमगाने लगे हैं, नेत्रों की ज्योति भी जाती रही है। नानक जी कहते हैं कि हे प्राणी, तुम्हारी यह स्थिति हो गई है, तब भी तुम हरि-नाम का रस नहीं लेते ?)

निज करि देखिओ जगतु मै को काहू नाहि।
नानक थिरू हरि भगति है तिह राखो मन माहि।।

(संसार में बहुत से लोगों को अपना बना कर देखा, किन्तु कोई किसी का नहीं बनता। नानक जी कहते हैं–केवल हरि की भक्ति ही स्थिर वस्तु है, सदा उसे ही मन में रखना चाहिए।)

जग रचना सब झूठ है जानि लेहो के मीत।
कहि नानक थिरू ना रहे जिऊ बालू की भीत।।

(हे मित्र, यह जान लो कि माया पर आधारित इस संसार की रचना झूठी है। नानक जी कहते हैं कि बालू की दीवार की तरह यह स्थिर नहीं रहती।)

राम गइओ रावनु गइओ जाकर बहु परवार।
कहु नानक थिरू कछु नहीं सुपने जिउ संसार।।

(रामचंद्र जी और रावण जैसे व्यक्ति भी इस संसार से चले गए, जिनके बड़े-बड़े परिवार थे। नानक जी कहते हैं कि इस संसार में कुछ भी स्थिर नहीं, यह तो स्वप्न के समान है।)

चिंता ताकी कीजिए जो अनहोनी होइ।
इह मारगु संसार को नानक थिरू नहीं कोई।।

(संसार में चिंता उस बात की करनी चाहिए जो अनहोनी हो। नानक जी कहते हैं कि इस संसार में कोई भी चीज़ स्थिर नहीं है।)

जो उपजिओ सो बिनस है परो आजु के काल।
नानक हरि गुन गाइले छाड़ि सगल जंजाल।।

(जो उत्पन्न हुआ है उसका नाश भी होगा, आज हो या कल। नानक जी कहते हैं कि इसलिए सभी सांसारिक जंजालों को छोड़कर हरि गुण का गायन कर लो।)

बलु छुटकिओ बंधन परे कछु न होत उपाइ।
कहु नानक अब ओट हरि गजि जिउ होहु सहाइ।।

(जिस समय व्यक्ति का बल समाप्त हो जाता है, अनेक प्रकार के बंधन उसे घेर लेते हैं, कोई उपाय नहीं सूझता। नानक जी कहते हैं कि तब ईश्वर का ही सहारा होता है। वह प्राणी की उसी प्रकार रक्षा करता है जैसे उसने जल में मगरमच्छ द्वारा पकड़े गए हाथी की रक्षा की थी।)

बलु होआ बंधन छुटे सभ किछु होत उपाइ।
नानक सभ किछु तुमरे हाथ मै तुम ही होत सहाइ।।

(ईश्वर की कृपा से व्यक्ति को बल प्राप्त होता है, उसके बंधन टूट जाते हैं, सभी प्रकार के उपाय निकल आते हैं। नानक जी कहते हैं कि हे प्रभु ! सब कुछ तुम्हारे हाथ में है, तुम ही सहायता करते हो।)

संग सखा सभ तजि गए कोऊ न निबहिओ साथ।
कहु नानक इह बिपत मै टेक एक रघुनाथ।।

(मनुष्य के जीवन में ऐसी स्थिति आती है कि उसके संगी-साथी उसे छोड़ देते हैं, कोई भी साथ नहीं रहता। नानक जी कहते हैं कि ऐसी विपत्ति में ईश्वर का ही भरोसा रह जाता है।)

नाम रहिओ, साधु रहिओ रहिओ गुरु गोबिंद।
कहु नानक इह जगत मै किन जपिओ गुरमंत।।

(जो व्यक्ति ईश्वर भक्ति करता है उसके साथ अंत तक ईश्वर नाम रहता है और साधु संगति रहती है, गुरु रहता है और अकाल पुरुष रहता है। नानक जी कहते हैं कि संसार में विरले लोग ही ईश्वर नाम के मंत्र का जप कर पाते हैं।)

राम नाम उरि मै गहिओ जाकै सभ नहि कोइ।
जिह सिमरत संकट मिटै दरसु तिहारो होइ।।

(मैंने अपने हृदय में राम नाम धारण कर लिया है, इसके समान और कुछ नहीं। इसके सुमिरन से सभी संकट मिट जाते हैं और परमेश्वर के दर्शन हो जाते हैं।)

पद अनुक्रमणिका

•••